# Der zerbrochene Skarabäus

Ingrid Bader

# Der zerbrochene Skarabäus

Eine ungewöhnliche und geheimnisvolle Geschichte
um Liebe, Tod und Magie

Für
Frau Rodschinka

Mit besten Wünschen
Ingrid Bader

karin fischer

März 2018

*Für meinen Mann,*
*den der unerbittliche Tod mir nahm*

Das einzig Wichtige im Leben
sind Spuren von Liebe,
die wir hinterlassen,
wenn wir ungefragt weggehen
und Abschied nehmen müssen.

Albert Schweitzer

*Das Glück öffnet viele Türen.*
*Es hat immer ein frohes, die Herzen gewinnendes Gesicht.*
*Und es ist ein lang erwarteter und wirklich gern gesehener Gast.*

*Aber das Unglück ist kein gern gesehener Gast.*

*Es hat viele erschreckende Gesichter, die unser Herz schwer machen und uns Angst einflößen. Wenn es ungerufen zu uns kommt und dann vor uns steht, können wir ihm nicht einfach die Tür weisen, denn es lässt sich nicht abweisen. Es ist da. Und wir müssen sehen, wie wir mit ihm umgehen. Oft verändert es unser ganzes Dasein.*

*Und eine menschliche Tragödie beginnt nicht selten mit Banalitäten.*

# I. KAPITEL

Gegen 19.00 Uhr klingelte es heftig an ihrer Wohnungstür.

Anja reagierte unwirsch. Sie fühlte sich gestört und belästigt. Nach Vorlesungsschluss mochte sie Störungen überhaupt nicht. Der Arbeitstag in der Universität war anstrengend genug gewesen, zwei Seminare und zwei Vorlesungen. Ihr rauchte der Kopf, denn sie betrieb ihr Studium aktiv und zielgerichtet. Schließlich bezahlten es die Eltern und konnten Fleiß dafür erwarten. Fleiß im Studium, Spaß auf Partys und Shopping mit Freundinnen. Ein ausgefülltes Leben. Angenehm und von ihr völlig akzeptiert. Aber jetzt wollte sie Entspannung und Ablenkung, um das Gehirn zur Ruhe kommen zu lassen. Schließlich sollte heute noch eine große Geburtstagsparty steigen. Um 22.00 Uhr, wie gewöhnlich.

Da wollte sie jetzt ihre Freiräume.

Da ließ sie Störungen nicht zu.

Da wollte sie sich völlig ungestört erholen, um später gut drauf zu sein.

Erholen hieß in diesem Fall: bei einem nichtssagenden Film im Vorabendprogramm des Fernsehens vor sich hin zu dösen. Diese Filme sind in der Regel so nichtig und dumm, dass man nach einem anstrengenden Tag dabei gut den Kopf ausruhen konnte.

Geräuschkulisse.

Nichts als Laute. Ohne Inhalt.

Man hörte nicht zu.

Geräusche waren da, um keine Gedanken zuzulassen.

Erholsam. Entspannend.

Sie mochte es sehr, abendlich bei einer Tasse Kaffee und leichter Kost, im Sessel hockend, den sie von ihrer Uroma geerbt hatte und der besonders bequem war, den abendlichen Frieden zu genießen.

Aber das Klingeln hörte nicht auf. Das war doch nicht etwa schon Dietrich, der Freund, der sie doch erst viel später zur Party abholen wollte?! Er kam immer so sehr pünktlich. Zu pünktlich. Es war schon peinlich, wie viel zu pünktlich er oft war. Aber heute hatte sie ihm eingeschärft, ihr noch Zeit zu lassen zum Ausruhen, Duschen, Umziehen. Das dauert nun einmal seine Zeit!

Nun, so unsanft gestört, erhob sie sich seufzend und leicht unwillig aus diesem wunderbaren Sessel, da das Klingeln nicht aufhörte und fordernder wurde. Wer konnte denn das bloß sein, der ungerufen und unerwartet in ihren heiligen Feierabend platzte!

Mit finsterem, abweisendem Gesicht öffnete sie die Tür.

Vor der Tür standen zwei Polizisten. Einer in Zivil, der andere in Uniform.

»Sind Sie Frau Anja Pagel?«

»Ja.«

»Guten Abend«, sagte der Ältere der beiden. »Ich bin Kommissar Schmidt, und das ist mein Kollege König.«

Die Männer waren für Anja das personifizierte Unheil. Wenn sie auftauchten, bedeutete das nie etwas Gutes. Sie fühlte, wie ihr auf einmal unwohl wurde. Es musste etwas passiert sein. Die Männer sahen sie sehr ernst an.

»Was ist passiert? Ist mit Dietrich etwas? Ist er wieder zu schnell gefahren?«, fragte sie unsicher.

Dietrich war ihr Freund. Und er fuhr immer zu schnell mit seinem Audi.

Der Ältere der beiden in Zivil sagte mit gedämpfter Stimme:

»Können wir das nicht in Ihrer Wohnung besprechen?«

»Ja, natürlich. Entschuldigen Sie. Ich bin ganz verwirrt. Kommen Sie doch bitte herein.«

Nachdem die Männer auf der Couch Platz genommen hatten und Anja wieder in ihrem Lieblingssessel saß, sagte Kommissar Schmidt verhalten:

»Sie haben ja schon bemerkt, dass wir mit keiner guten Nachricht zu Ihnen kommen.«

Anna nickte und sah keinen der beiden an. Sie betrachtete ihre im Schoß liegenden Hände unverwandt und nervös. Sollten Sie doch endlich sagen, was los war, mein Gott!

Der Ältere, der ihre Nervosität bemerkte, fuhr fort:

»Es tut mir wirklich sehr leid, dass wir mit einer sehr schlimmen Nachricht zu Ihnen kommen müssen ... Bitte, seien Sie jetzt ganz tapfer! ... Ihre Eltern hatten einen schweren Verkehrsunfall.«

»Waaas???«

Die Eltern? Aber doch nicht *ihre* Eltern?! Ganz ausgeschlossen! Das konnte nur ein Irrtum sein! Das konnte gar nicht sein! Das war einfach unmöglich! Das gab es nicht! Nicht wirklich!

Anja sah die Männer jetzt fassungslos mit großen Angstaugen an.

Sie schüttelte den Kopf. Immer wieder.

Die Männer schwiegen.

Endlich hob Anja den Kopf und sah die Männer an:

»Sind sie verletzt?«

Beide Männer nickten.

»Wie schwer?«, fragte endlich Anja tonlos. Ihr Herz schlug wie ein Hammer. Der Mund war trocken. Ihr wurde kalt.

»Ihr Vater liegt im Berliner Virchow-Klinikum. Er ist noch nicht wieder bei Bewusstsein. Ihre Mutter hat den Unfall ... leider ... nicht ... überlebt.«

Jetzt, da alles gesagt war, wurde es sehr still im Zimmer. Noch stiller.

Ganz still.

Unheimlich still.

Totenstill.

Anja saß wie versteinert,

tonlos,

sprachlos,

regungslos,

angsterfüllt,

steif.

Ihr war plötzlich eiskalt. Sie begann zu zittern. Ihr war, als würde der feste Boden unter ihren Füßen schwanken und sie selbst in ein tiefes schwarzes Loch fallen. Alles drehte sich um sie. Halt suchend, griff sie nach der Sessellehne, krallte sich an ihr fest. Allmählich gewann sie wieder festen Boden unter den Füßen. Das Schwanken hörte auf. Das Zimmer hatte wieder feste Konturen.

Sie verstand mit dem Herzen: Nichts ist mehr so, wie es war. Von einem Augenblick zum anderen hatte sich alles verändert. Die Unbekümmertheit und Sicherheit ihres Lebens, geborgen, von Vater und Mutter umsorgt, Nestwärme und Zuverlässigkeit – das alles geriet ins Wanken.

Wie soll man das begreifen?

Wie kann es sein, dass etwas, das jahrelang unverrückbar angenehm und wohltuend sicher war, auf einmal nicht mehr vorhanden ist?

Wie kann sich plötzlich und gänzlich unerwartet, unvorbereitet, eine solche Katastrophe ereignen, die das ganze Leben auf den Kopf stellt?

Alles ist auf einmal anders.

Nichts ist mehr, wie es war.

Wie soll man das als junger Mensch überhaupt verstehen?

Es war so still, dass man den albernen Film, der immer noch im Fernsehen lief, wahrnahm. Endlich erhob Anja sich und schaltete den Fernseher ab. Dann sagte sie mit rauer Stimme:

»Ich will zu ihm.«

Die Polizisten nickten:

»Wir fahren Sie ins Klinikum.«

Wie ein Automat ergriff sie ihre Tasche und folgte stumm den Beamten. Zu dieser Zeit hatte ihr Verstand die Tragweite dessen, was geschehen war, noch nicht erfasst. Das Gehirn schützt sich selbst, indem es nicht Zumutbares zunächst ausklammert und nur das zulässt, was es verarbeiten kann. So dachte auch Anja immer nur an die Mitteilung: Klinikum.

Ja, fahren wir zum Vater. Der Vater war verletzt. Er war verletzt, aber er lebte. Das Wichtigste war: Er lebte! Heute konnten die Ärzte viel! Sie würden sein Leben retten. An nichts anderes wollte sie denken.

Krampfhaft hielt sie sich an ihrer Tasche fest, als wäre das der noch einzig sichere Halt in ihrem unsicher gewordenen Leben.

Bevor sie losfuhren, fragte Kommissar Schmidt:

»Wollen Sie noch jemanden benachrichtigen?«

Da erst fiel Anja ein, dass sie mit Dietrich verabredet war. Sie nickte, griff zum Handy und schickte eine SMS: Musste dringend nach Hause. Bitte, komme auch.

Kommissar Schmidt, der im Fond des Autos neben ihr saß, beobachtete sie, dachte, dass es gut wäre, die junge Frau zu beschäftigen, sie abzulenken. Er nahm deshalb seine Unterlagen zur Hand und sagte:

»Entschuldigen Sie, aber ich muss Sie jetzt einiges fragen. Wir müssen den Unfall aufklären.«

»Ja. Ja. Natürlich. Ja. Aber bitte, sagen Sie mir zuerst, was überhaupt passiert ist.«

»Ihre Eltern sind auf einer Landesstraße, die nicht einmal viel befahren ist, voll gegen einen Brückenpfeiler geprallt. Es gibt keine Bremsspuren. Wir können uns den Unfall schlecht vorstellen. Helfen Sie uns!«

»Ist mein Vater gefahren?«

»Ja.«

»Er ist ein sehr guter, umsichtiger und vorausschauender Fahrer. Nie hatte er auch nur einen Kratzer an seinem Fahrzeug. Wenn er gefahren ist, kann nur etwas Nichtvorausschaubares geschehen sein. Es ist undenkbar, dass er unvorsichtig war.«

»Aber es gibt keine Bremsspuren.«

»Dann weiß ich es nicht.«

»Und Alkohol?«

Sie schüttelte heftig den Kopf:

»Nie. Beim Autofahren niemals.«

»Der Unfall passierte nahe der Ortschaft Wildenbruch. Kennen Sie die Gegend?«

»Ja, gut. Da sind wir oft gewesen. Ganz in der Nähe ist der Lieblingsplatz und das Stammrestaurant meiner Eltern. Da haben sie sich früher oft getroffen.«

»Dann kannte Ihr Vater doch auch die Straße genau. Das verstehe ich nicht.«

»Vielleicht ist ihm schlecht geworden«, sagte der Polizist am Steuer.

»Wäre immerhin möglich und eine logische Erklärung.«

»Aber dann hätte er doch sofort angehalten«, sagte Anja.

»Es hilft nichts, wir müssen die kriminaltechnische Untersuchung abwarten und darauf hoffen, dass uns Ihr Vater bald sagen kann, wie es passiert ist.«

Anja spürte, dass ihr das sachliche Gespräch mit Kommissar Schmidt ein wenig geholfen hatte, den sie würgenden Knoten im Hals ein bisschen zu lösen.

Kommissar Schmidt, der neben Anja saß, sah sie prüfend von der Seite an. Er dachte, dass diese junge Frau sonderbar sei. Sie saß jetzt sehr aufrecht und mit geschlossenen Augen da, und sie hatte noch nicht mit einer Silbe nach ihrer toten Mutter gefragt. Vielleicht brauchte sie psychologische Betreuung?

Anja konnte zu diesem Zeitpunkt noch nicht über die Mutter reden. Und zu den ihr fremden Polizeibeamten schon gar nicht. Aber sie dachte an die Mutter, dachte an sie voller Herzklopfen und Liebe. Bilder erschienen vor ihrem geistigen Auge, waren ungerufen auf einmal da.

Bilder einer vergangenen Zeit, in der sie oft mit der Mutter wie mit einer vertrauten Freundin plaudernd, beide in je einer Couchecke hockend und duftenden Kaffee trinkend, gesessen hatte. Sie sprachen über alles, was Frauen bewegt. Über die Liebe, über das Leben, über die Mode und über Hinz und Kunz. Es war besonders schön, mit der Mutter so reden zu können. Anja hatte schon immer ein besonderes Vertrauensverhältnis zur Mutter, die sie stets ohne große Worte verstand und Zuspruch nicht versagte. Auch die sehr anstrengende Arbeit als Internistin hatte die Mutter nie davon abgehalten, viel Zeit mit der Familie zu verbringen. Die Mutter war immer fröhlich, voller Tatendrang und guter Laune. Ihr konnte man alles sagen. Sie war immer für die Tochter da.

1995 war es, als Anja, fünfzehnjährig, den ersten großen Trennungsschmerz ihres Lebens erfuhr. Zum ersten Mal musste sie sich von einem vertrauten Menschen verabschieden, von ihrem besten Freund. Er zog mit seinen Eltern weg. Es war für sie sehr schmerzhaft, den geliebten Freund nur auf so große Distanz hören und nicht mehr täglich sehen zu können. Sie war verzweifelt, weinte viel und erlitt großen Kummer. Die Mutter verstand alles ohne Worte, nahm sie in den Arm und gab ihr Wärme und Sicherheit, tröstete die Untröstliche. Ihr langjähriger Freund, die erste große Jugendliebe, war plötzlich mit seinen Eltern nach Bayern verzogen. Nach langen Überlegungen, wie er ihr glaubhaft versicherte. Aber die Eltern mussten so entscheiden, denn beide waren seit Jahren arbeitslos. Und in Bayern bot man beiden einen guten Job, so dass sie zugriffen, denn sie waren in einem Alter, in dem man nicht mehr wählerisch sein konnte, sondern nur froh, arbeiten zu dürfen. Und der Sohn konnte in Bayern weiter das Gymnasium besuchen, wie es die Eltern unbedingt wollten. Da hieß es Abschied nehmen. Es musste sein. Und es war für alle schmerzhaft.

Traf man im »alten« Leben jemanden auf der Straße, so fragte man:

»Wie geht es dir?«

Trifft man heute einen, so fragt man:

»Hast du Arbeit hier oder verlässt du uns?«

So änderte sich das ganze Leben. Die Freiheit hat ihren Preis. Und Fehler der Großen bezahlen die Kleinen.

Anjas Eltern hatten zu dieser Zeit beide Arbeit.

Die Mutter hatte vor der Wende in der Poliklinik gearbeitet. Bald wurde diese, obwohl langjährig bewährt und gut, »abgewickelt«. Und die Mutter musste entscheiden, wie es weitergehen sollte. Man hielt Familienrat. Der Vater sagte:

»Aus meiner Sicht gibt es zwei Möglichkeiten: Du machst dich mit eigener Praxis selbständig, Kredit werden sie uns geben, wir sind ja gut situiert. Oder du gehst ins Krankenhaus. Überlege es dir. Ich trage beides mit. Es ist deine Entscheidung.«

Die Mutter entschied sich, von nun an als Internistin im Krankenhaus zu arbeiten.

Der Vater hatte zu dieser Zeit als Bauingenieur viel zu tun, war immer fröhlich, die Arbeit machte ihm viel Freude, weil er sich entfalten konnte, der Bau voranging und es nie an Materialien, wie im »alten« Leben oft, fehlte. Er baute viele Ein-Familienhäuser. Der Markt boomte. Seine Firma verdiente viel Geld. Und er auch. Der Familie ging es sehr gut.

Damals ging es uns so gut, dachte Anja.

Wir hatten große Pläne und wollten alles auf einmal. Vor allem viel reisen und uns die Welt anschauen. Sie reisten mit dem neuen Auto in die Bretagne, an den Gardasee und nach Südschweden. Es war wunderbar. Die Welt stand ihnen auf einmal offen. Alles war neu und aufregend und ungeheuer interessant. Eine Zeit voller Hoffnung und Erwartung für alle drei. Die eigentlich schönste Zeit ihres bisherigen Lebens.

Zwei Jahre später, Anja war in der elften Klasse, wurde EFFI BRIEST von Fontane in der Schule thematisiert. Da bot es sich an, mit der Mutter das Thema »große Liebe« weiter zu diskutieren. Auf der Terrasse in bequemen Korbstühlen sitzend, plauderten sie entspannt über das ewige Thema. Die Mutter bekannte sich zur großen Liebe ihres Lebens, die heute ihr Mann war und mit glücklichem Lächeln, ihnen gegenüber sitzend, den Frauen, seinen Frauen, zuhörte. Eine Liebe mit glücklichem Ausgang. Erfüllung der Liebe, während in der Literatur die Liebe oft tragisch endet. Ob das nun in KABALE UND LIEBE Ferdinand und Luise sind oder schon bei Shakespeare Romeo und Julia – oder eben auch Effi Briest. Effi scheitert an den

Konventionen ihrer Zeit. Sie hat die »Ehre« ihres Gatten verletzt, der daraufhin, dem Diktat seines Standes folgend, den Rivalen im Duell erschießt und die Scheidung einreicht. Was Männern erlaubt ist und von der Gesellschaft still schweigend geduldet wird, darf eine Frau von Stand nie tun. Sie, die sich so sehr nach Liebe sehnte, muss teuer bezahlen. Sie verliert ihr Gesicht. Effi scheitert auch daran, dass sie außer ihrem Dienstmädchen Roswitha keinen Menschen hat, der zu ihr hält. Keiner will mehr etwas mit ihr zu tun haben. Sie hat keine Freunde. Die Welt, in der sie gelebt hatte, verschloss sich vor ihr. Eintritt verboten. Völlig allein gelassen, auch von den Eltern, die sich, erst als Effi sehr krank wird vor Einsamkeit und Herzeleid, trauen, sie wieder im Elternhaus aufzunehmen. In Erinnerung war Anja besonders eine Erkenntnis, die Effi am Ende ihres so fröhlich begonnenen Lebens, das für sie so früh und traurig endet, so formulierte:

Jemand wurde von einer fröhlichen Tafel abgerufen. Am nächsten Tag fragte er, was denn nach seinem Weggang noch gewesen wäre, und man antwortete ihm, dass noch allerlei gewesen sei, aber eigentlich habe er nichts versäumt.

Hatte er wirklich nichts versäumt?

War alles Kommende nichtig?

War es total unwichtig, wie lange ein Leben dauert?

Ist ein langes Leben das Erstrebenswerteste, oder ist es viel mehr der Sinn, den jeder seinem Leben gibt, und wie wichtig sind Familie und Freunde im Leben?

Und darf denn Liebe alles?

Hat jeder ein Recht auf Liebe? Ein bedingungsloses Recht?

Anja vertrat damals die Auffassung, dass ein langes, aktives Leben in Liebe und Glück für sie das Wichtigste und dass Familie und Freunde ein Lebenselixier wären. Ein Katalysator. Anja glaubte für sich an ein langes und sehr glückliches Leben. Ihr Leben konnte nur glücklich sein. Etwas anderes kam überhaupt nicht in Frage.

Die Mutter vertrat die Meinung, dass für sie nur ein Leben in Gesundheit und Wohlstand Glück verheiße. Für sie waren die schönen Dinge des Lebens sehr wichtig. Der Vater hörte es und schmunzelte. Er liebte seine Frau auch wegen dieser Neigung zu schönen, wertvollen und teuren Dingen, die das Dasein versüßen. Er war stolz auf seine kluge, gut aussehende und anspruchsvolle Frau.

In eine Gesprächspause seiner Frauen hinein fragte der Vater damals nach, wie sehr es eigentlich dem Menschen vergönnt sei, selbstbestimmt zu leben. Wie groß oder klein war eigentlich der Radius eigener Entscheidungen, und wie sehr war jeder von der Zeit, in der er leben musste, abhängig und wurde durch sie geprägt!?

Sucht nicht jeder nach seiner großen Liebe, nach dem ganz großen Glück oder dem, was er dafür hält?

Jagt nicht jeder – und mancher ein Leben lang – dem nach, was er für Glück hält?

Glaubt nicht manch einer, einen Anspruch auf Glück zu haben?

Aber was ist Glück?

Schon der Kleine Muck in Andersens gleichnamigem Märchen sucht mit großer Beharrlichkeit und naivem Erfolgsglauben nach dem Kaufmann, der das Glück verkauft, solange, bis er merkt, dass man Liebe und Glück nicht kaufen kann. Sie sind nicht käuflich. Nicht verkäuflich. Auch nicht kaufbar. Unverkäuflich.

Glück bekommt man vom Schicksal geschenkt – oder nicht.

Es ruht in uns allen. Und wenn wir in der Lage sind, zu erfassen, was Glück ist, fangen wir ganz weit unten an, uns daran zu erfreuen. Und nur dann ist das Schicksal gnädig und schenkt uns Liebe und Glück und Dankbarkeit für unser Leben.

Lohnt es sich, dem Glück nachzujagen, wenn man es nicht erhaschen kann?

Fang den Wind!

Die ewige Frage: Wie kann, wie darf, wie soll man leben?

Ewig gestellt.

Nie beantwortet.

Gibt es eine Antwort?

Gibt es *die* Antwort?

Muss nicht jeder *seine* Antwort finden?

Oder liegt sie in einem verschlossenen goldenen Kästchen im Zauberberg?

Sie kamen auf der Autobahn nur langsam voran. Die beiden Polizisten waren mit dem Verkehrsgeschehen beschäftigt. Anja saß immer noch still und steif da, atmete tief. In ihrem Inneren herrschten Unordnung und Verwirrung. Ihre Gedanken verliefen sich wie schutzlose Kinder in einem dichten Wald. Ungeordnet und in rascher Folge flirrten Bilder, Szenen und Gedanken durch ihren Kopf. Sie war sehr angespannt und suchte krampfhaft nach Beruhigung. »Ich muss mich beruhigen«, dachte sie. »Es ist unbedingt nötig, sich zu beruhigen! Ich kann nicht zum Vater kommen, ohne mich beruhigt zu haben. Disziplin, meine Liebe! Haltung!« So rief sie sich zur Ordnung und dankte in Gedanken den Eltern für ihre preußische Erziehung, in der Contenance eine große Rolle spielte.

Ihr fiel plötzlich ein, dass sie sich als Kind immer, wenn sie Angst hatte, ein Lied vorsang oder ein Gedicht aufsagte. Das hatte immer geholfen. Ein Blitzgewitter von Bildern und Texten vergangener Zeit tauchte ungerufen und unsortiert auf.

Es muss gleich nach der Wende gewesen sein, als Anja empört nach Hause kam und sich weigern wollte, ein Goethe-Gedicht, auch noch nach eigener Wahl, auswendig zu lernen. Zu dieser Zeit war man erst einmal gegen alles. Aber ihre Mutter hatte den Lehrer gelobt, der nicht einfach alles seit Jahren Bewährte über Bord warf und auf Einhaltung von Normen bestand. Der Offenheit wollte, aber auch Disziplin, ein damals verpönter Begriff. Sie begriff, was Anja damals nicht verstehen konnte, dass Lernen etwas mit Kontinuität und Regeln zu tun hat und jede Disharmonie und falsch verstandene Freiheit für eine Bildungsnation eine Katastrophe ist. Sie stellte der Tochter deshalb dar, welch eine Freude es sein kann, ein Gedicht zu lernen, das einem gefällt und zu dem man eine eigene innere Beziehung hat. Gemeinsam suchten sie ein Gedicht, das Anja besonders gefiel. Sie entschied sich nach langem Suchen im Gedichtband für Goethes »An den Mond«.

Die Mutter sagte erstaunt:

»Das ist aber ein langes Gedicht!«

Und Anja antwortete stolz:

»Aber es ist sehr schön. Und ich will es lernen!«

Und sie staunte, wie schnell sie in der Lage war, es auswendig herzusagen.

Abends trug sie es mit großer Anteilnahme dem Vater vor, der entzückt war. Er war ein wenig verwundert wie die Mutter auch, dass Anja sich dieses für ein erst elfjähriges Kind doch etwas ungewöhnlich tiefsinnige Gedicht ausgewählt hatte. Vielleicht gefielen ihr der Rhythmus und das ungewöhnlich Feierliche besonders.

Wie auch immer, in der Schule wurde es für sie der große Erfolg. Keiner ihrer Schulkameraden hatte dieses Gedicht gewählt. Und als Anja es fehlerfrei mit großer Inbrunst vortrug, war es ganz still im Klassenzimmer. Sie konnte das Gedicht heute noch, die beiden ersten und die letzten beiden Strophen sagte sie jetzt im Geiste her:

*Füllest wieder Busch und Tal*
*Still mit Nebelglanz,*
*Lösest endlich auch einmal*
*Meine Seele ganz;*

*Breitest über mein Gefild*
*Lindernd deinen Blick,*
*Wie des Freundes Auge mild*
*Über mein Geschick …*

*Selig, wer sich vor der Welt*
*Ohne Hass verschließt,*
*Einen Freund am Busen hält*
*Und mit dem genießt,*

*Was, von Menschen nicht gewusst*
*Oder nicht bedacht,*
*Durch das Labyrinth der Brust*
*Wandelt in der Nacht.*

Anja spürte, wie großer Friede in ihr Herz zog und dass es begann, langsamer zu schlagen. Die wilde Angst hatte sich ein wenig gelegt. Die alte Methode aus Kindertagen hatte sich bewährt. Eigenartig, welche widersprüchlichen Botschaften das Gehirn unter Stress aussendet und womit es sich beschäftigt, um der Angst Herr zu werden.

Die Kriminalbeamten begleiteten sie zur Unfallchirurgie des Virchow-Klinikums.

Ein junger Arzt erwartete sie schon. Anja sah ihn hilfesuchend an: »Kann ich zu meinem Vater?«

»Ja. Natürlich. Ich muss Sie aber darauf hinweisen, dass seine Kopf- und Bauchverletzungen schwer sind. Er ist nicht bei Bewusstsein. Wir mussten ihn in ein künstliches Koma versetzen wegen der Schwere seiner Verletzungen. Sie können ihn aber sehen. Kommen Sie.«

Anja folgte dem jungen Arzt zur Intensivstation. Ihr war, als würde wieder der Boden unter ihren Füßen nachgeben. Sie lief wie auf Gummi. Unsicher. Schwankend. Dann war nichts mehr. Nur gähnende Dunkelheit. Finsternis, die sie fest umschloss.

Als sie wieder zu sich kam, lag sie im Zimmer ihres Vaters, dicht neben ihm.

Eine freundliche Schwester hantierte an den tropfenden und tickenden Geräten, an die ihr Vater angeschlossen war. Sie sagte:

»Wie geht es Ihnen jetzt? Sie sind uns umgefallen. Das ist die Aufregung. Wir haben Ihnen ein Beruhigungsmittel gegeben. Ihr Vater lebt und wird gut versorgt. Die Intensivmedizin kann heute viel.«

»Ja. Ich danke Ihnen. Mir geht es besser. Kann ich hier bleiben?«

»Ja. Ich bringe Ihnen etwas zu essen und zu trinken.«

Anja dachte, dass sie jetzt weder Hunger noch Durst verspüren konnte. Sie fühlte nichts als Kälte und Leere. Laut sagte sie zu der freundlichen Schwester, die sie nicht enttäuschen wollte:

»Danke. Das ist sehr freundlich von Ihnen.«

Als sie aufstand, um sich an das Bett ihres Vaters auf einen der unbequemen Stühle zu setzen, merkte sie, dass ihre Beine noch schwach waren.

Sie versuchte krampfhaft, die mühsam erworbene Ruhe zu bewahren und die Fassung nicht zu verlieren.

Lange sah sie den geliebten Vater an. Lang hingestreckt wie leblos unter dem hellen Laken, an Schläuche gefesselt und Schläuche auch in der Nase, verkabelt, an tickende Geräte angeschlossen, hilflos, reglos lag sein großer Körper da. Den dick verbundenen Kopf mit den ewig widerborstigen grauen Haaren, die unter dem Verband hervorsahen, auf einem aufgerichteten Kissen. Sein bleiches Gesicht, das so vertraut und auf einmal auch zugleich so fremd war. Die sonst so lebendigen Grauaugen geschlossen. Der Mund streng und abweisend. Sein liebes, großes, gutes Gesicht – so unbekannt, so fern, so fremd.

Plötzlich war es mit der mühsam aufgebauten Fassung vorbei, sie weinte laut und ungezügelt los. Es war, als würden Schleusentore geöffnet. Sie konnte sich einfach nicht mehr beherrschen. Ihr ganzes Elend brach aus ihr heraus.

An seinem Bett hockend und hemmungslos weinend, ergriff sie seine Hand, seine liebe, vertraute, gute, große Hand, die immer freundlich und liebevoll zu ihr war und in deren Schutz sie sich immer geborgen gefühlt hatte.

Lange, sehr lange hielt sie diese Hand fest in der ihren, die Wärme spürend, die Vertrautheit. Wärme und Vertrautheit, die der Seele gut taten. Sie streichelte sanft seine Hand. Immer wieder. Aufschluchzend suchte sie, ihre Fassung wiederzugewinnen. In sein Gesicht sehend und ihn streichelnd, sagte sie immer denselben Satz, viele Male den einzigen Satz:

»Vati! Vati! Wie konnte das nur passieren?!«

Unbegreiflich war das alles. Nicht zu verstehen.

Unbegreiflich ist das Unglück. Unfassbar.

Als der Septembermorgen grau heraufdämmerte, saß sie schon wieder am Bett des Vaters. Hatte nachts ein wenig und unruhig geschlafen, war dann sehr früh erwacht und hatte sich gleich wieder zu ihrem Vater gesetzt.

Unverwandt sah sie immer wieder in sein stummes, bleiches Angesicht.

Was war bloß passiert?

Ein so versierter Fahrer wie ihr Vater, immer verantwortungsbewusst und selbstbeherrscht, fuhr doch nicht gegen einen Brückenpfeiler!

Wenn er doch nur endlich die Augen öffnen würde!

»Bitte, sieh mich doch mal an, Vati, bitte!«, flehte Anja.

Eine ältere Schwester betrat das Zimmer, sah nach den Infusionen und prüfte Puls und Temperatur des Kranken. Sie nickte Anja freundlich zu.

»Wann wacht er endlich auf?«, fragte Anja.

»Das müssen wir abwarten«, antwortete die Schwester.

»Wie geht es meinem Vater?«

»Unverändert.«

»Was heißt denn das?«

»Fragen Sie bitte den Stationsarzt.«

Der kam gerade mit den beiden Kriminalbeamten, die Anja am Vortag begleitet hatten, ins Zimmer:

»Guten Morgen, Frau Pagel. Ihr Vater ist noch immer in einem kritischen Zustand und ohne Bewusstsein. Sie können im Moment hier nichts tun. Gehen Sie bitte mit den Kriminalbeamten. Ihre Handynummer haben wir?«

Sie nickte. Zögerte. Erhob sich schließlich seufzend.

»Wir rufen Sie sofort an, wenn es Veränderungen gibt.«

Anja nickte wieder. Schon in der Tür warf sie noch einen langen Blick auf den Vater, als könne sie sich nicht von ihm trennen.

Stumm sagte sie:

»Bitte, wach endlich auf!«

Kommissar Schmidt sagte:

»Kommen Sie bitte! Sie müssen uns jetzt begleiten ... Wir bitten Sie, Ihre Mutter zu identifizieren.«

»Nein!« Sie schrie es fast:

»Nein. Das kann ich nicht. Nein! Nein! Nein!«

Anja war vor dem Kommissar wie vor einem Monster bis an die Wand zurückgewichen. Ihr Gesicht drückte blankes Entsetzen aus. Es war kalkweiß. Sie schüttelte heftig den Kopf.

»Nein! Nein!«

»Vielleicht fahren wir Sie zuerst mal nach Hause«, sagte Kommissar König sehr ruhig.

Ihre Eltern wohnten in der Potsdamer Vorstadt, in einem der kleinen Einfamilienhäuser aus den dreißiger Jahren des vergangenen Jahrhunderts. Ein alter Familienbesitz. Sorgsam gepflegt. Sorgsam gehütet.

Als Anja den Schlüssel im Schloss der Eingangstür drehte, kam ihr dieses unerwartet laute Geräusch des Eindringens wie ein Sakrileg vor, so, als würde sie etwas ganz und gar Verbotenes tun und einbrechen in die Intimsphäre ihrer Eltern. Ihr Herz schlug heftig. Sie fühlte sich jämmerlich, so ganz und gar verloren und fremd. Große Stille empfing sie. Ihre Schritte klangen laut, hallten Furcht einflößend nach in der unwirklichen Stille. Totenstille. Sie erschauerte, fühlte sich wie ein unbefugter Eindringling, wie ein Einbrecher. Das sonst so vertraute Haus schien ihr öde und leer, als wäre es schon viele Jahre unbewohnt. Ein plötzlich unbekanntes Haus. Unheimlich.

Zögernd betrat sie die große Diele. Alles war sauber und aufgeräumt wie immer, aber doch irgendwie fremd. Anja dachte:

»Ist das noch mein Zuhause? Bin ich hier noch zu Hause?«

Im Wohnzimmer klingelte schrill das Telefon. Sie zuckte zusammen, nahm zögernd den Hörer. Es war Dietrich Berner, ihr Freund:

»Anja. Ich weiß schon alles. Ich bin hier! Ich habe bei deiner Nachbarin auf dich gewartet. Ich komme jetzt rüber.«

Und schon hatte er aufgelegt. Anja ließ sich in den Sessel fallen:

»Gott sei Dank! Dietrich war da! Der Freund. Die Zuverlässigkeit in Person. Er war da!!!«

Als er das Zimmer betrat, fiel sie ihm weinend um den Hals:

»Du bist da!«

Dietrich umarmte sie fest und stumm.

Lange.

Dann, nach einiger Zeit.

»Setzen wir uns doch«, sagte Dietrich, auch zu den Polizisten, die immer noch diskret und abwartend im Eingangsbereich standen:

»Ich danke Ihnen, dass Sie Anja nach Hause gebracht haben. Sagen Sie mir bitte, was jetzt zu tun ist.«

Die Kriminalbeamten waren erfreut über die Sachlichkeit des jungen Mannes:

»Es tut uns leid, aber es muss sein! Frau Pagel muss ihre verstorbene Mutter identifizieren.«

Anja schluchzte auf. Schüttelte heftig den Kopf. Dietrich ergriff ihre Hand, hielt sie ganz fest und sagte dann mit belegter Stimme und etwas hölzern, um Fassung ringend:

»Anja, ich komme mit. Lass uns unsere Pflicht tun, wie deine Eltern dich erzogen haben. Lass uns das Schwere gemeinsam tragen. Es muss sein. Also, sei jetzt tapfer und lass uns gehen!«

Noch nie in ihrem 25-jährigen Leben war Anja dem Tod begegnet. Nie hatte er in ihrem Leben eine Rolle gespielt. Ihr Leben war bis zu diesem gestrigen Tag behütet und sorgenfrei verlaufen. Sie war als Einzelkind bei berufstätigen Eltern, die sie zur Selbständigkeit erzogen, finanziell und emotional gut umsorgt, aufgewachsen. Sie hatte weder Schulprobleme noch sonstige über die üblichen Pubertätsprobleme hinausgehende Querelen erlebt. Alles war wohlgeordnet und sollte immer so bleiben. Probleme hatten nur die anderen. Und Tote gab es nur – und das massenhaft und als Spiel, nicht ernst zu nehmen – im Fernsehen. Das gab es doch aber nicht wirklich! Tod – das war etwas unendlich Fernes und Unwirkliches. Man hörte höchstens mal davon, aber es ging einen nichts an. Und nun, ganz plötzlich, war der Unerbittliche in ihr Leben getreten, ganz wirklich, und hatte ihr die Mutter entrissen.

Begreifen konnte sie es nicht. Es war für sie ganz und gar unbegreiflich. Unwirklich. Nicht erfassbar.

Das menschliche Gehirn ist ein eigen Ding und führt sein eigenes – noch immer allen Forschern Trotz bietend und zum großen Teil unenträtselt – eigenwilliges Leben. Es geht seine eigenen Wege, beschreitet unausgetretene Pfade, windet sich durch Höhlen und Gassen, eröffnet Landschaften, zwingt uns, Ungewohntes zu denken und zu fühlen. Gedanken überraschen uns, kommen, oft ungerufen, ungewollt, tauchen aus dem scheinbaren Nichts auf – erfreuen uns, ängstigen uns. Erfüllen uns mit Heiterkeit oder Zorn. Emotionen verbinden Gedachtes und Gewünschtes. Steuerbar durch Willenskraft. Aber oft überfallartig ins Uferlose führend. Wenig steuerbar.

Anjas Gehirn blendete das Unfassbare des Todes der Mutter aus.

Es besann sich auf den lebenden Vater. Aus dem Nichts tauchten vor Anjas geistigem Auge Kindheitsbilder auf, Bilder aus der Zeit ausgefüllten frohen Lebens für sie.

Kurz vor Weihnachten kam der Vater von einer seiner langen Auslandsreisen zurück. Der Vater, ein Familienmensch, brachte es immer irgendwie fertig, trotz der vielen Arbeit, zu den Festtagen zu Hause zu sein. Nie ließ er seine Familie bei lebenswichtigen Dingen allein. Er setzte Prioritäten, darin war er ein Meister.

Dieser von ihr so verehrte Vater, Bauingenieur, verkaufte vorwiegend in arabische Länder im Auftrag des Außenhandelsministeriums der damaligen DDR Baumaschinen und Bauzubehör. Er verkaufte, reparierte, organisierte. Eben alles, was im Beruf anfiel. Was er noch nicht beherrschte, lernte er im Prozess der Arbeit. Dass er etwas nicht konnte, war für alle, die ihn kannten und mit ihm arbeiteten, unvorstellbar. Er war viel unterwegs. Oft lange Wochen. Für die Mutter auch ein Problem: das lange Warten, die spärlichen Nachrichten über die Botschaft, die Ungewissheit, durch welche Wüste er gerade fuhr. Seine Arbeit war anstrengend und gefährlich. Aber der Vater pflegte zu sagen:

»Sorge dich nicht! Einen guten Marxisten lässt der liebe Gott nicht im Stich! Und außerdem – sehe ich nicht aus wie ein Araber mit meinem rabenschwarzen Bart?«

Aber die Mutter war nicht beruhigt. Sie sorgte sich ständig und war erst wieder froh, wenn sie seine Stimme im Haus rufen hörte:

»Hallo, ihr zwei! Ein müder Weltreisender begehrt Einlass!«

Was war das immer für eine Freude! Welch ein Fest!

Der Vater entschädigte die Mutter für ihr geduldiges Warten auf ihn mit Geschenken, die er sich von seinem nicht gerade üppigen Tagegeld abgespart hatte. Devisen waren in der DDR knapp. Man versorgte die Auslandskader nur mit dem Allernötigsten. Aber der Vater schaffte es immer, ein schönes und in arabischen Ländern preiswert zu erwerbendes Schmuckstück für seine Frau, auf die schimmerndes Edelmetall einen eigenen Zauber ausübte, mitzubringen. Er war der große Zampano! Der viel Schenkende, aus Liebe und Freude am Schenken Gebende. Seine Frau verehrte und liebte ihn sehr. Sie liebte Geschenke und Überraschungen. Es war nie langweilig mit ihm. Ein festes Ritual unterstrich die Bedeutung des Schenkens und beschenkt Werdens: Sie traten beide vor den großen Ankleidespiegel in der geräumigen Diele, und der Vater sagte:

»Augen zu!«

Und dann:

»Augen auf!«

Und immer folgte der Schrei des Entzückens der Mutter.

Und das große Freudenlachen des Vaters. Denn, was es auch war, alle Geschenke waren immer sorgfältigst ausgewählt und standen der Mutter vorzüglich, ob es ein Goldkettchen oder goldene Ohrringe, ein Ring oder Armband war – alles zeugte vom guten Geschmack des Vaters.

Die Mutter war selig und trug den Schmuck zur Wiedersehensfeier mit den besten Freunden, die immer am gleichen Abend stattfand.

Natürlich gab es auch Neid, selbst bei den besten Freunden, das ist nur menschlich. Denn wer von ihnen hatte schon das Privileg, wenigstens einen Teil der großen weiten Welt zu sehen? Aber viel entscheidender als der kleine Neidstachel waren die Erzählungen des Vaters. Sie schienen allen wie die Geschichten aus tausendundeiner Nacht. Alle lauschten begierig, fragten nach, ließen sich erklären, beschauten Fotos und Landkarten, verfolgten im Geiste die Wege, die er beschritten hatte. Und der Vater, der für sein Leben gern schenkte und ein großes Herz hatte, hatte auch für alle Freunde ein kleines Geschenk, das oft nichts gekostet hatte. Besonders begehrt waren die Sandrosen, die der Vater suchte und für seine Freunde mitbrachte. Sandrosen, Geschenke der Wüste, Wüstenrosen, die durch Sonne, Wind, Regen und Kälte geformten ganz eigenartigen Gebilde, die in jeder Wüste eine andere Form und Farbe hatten – von grau-weiß bis rostrot, von bizarr geformt bis rund geschliffen. Wenn man sie in den Händen hielt, glaubte man, den Atem der Wüste zu spüren.

Ihr hatte der Vater stets Schallplatten und Jeans mitgebracht.

Um beides wurde sie in der Schule heftig beneidet. Da sie aber die Schallplatten auslieh, hielt sich auch hier der Neid in Grenzen.

Die Zeit des Glücks und der Erwartungen.

Ihr Vater, Hobby-Archäologe, hatte sich besonders für die Kunst und Kultur der alten Ägypter interessiert, denn seine Arbeitsaufgaben hatten ihn häufig nach Ägypten geführt, so dass er begann, sich für diese uralte Menschheitskultur zu erwärmen. Viele Bände zu diesem Thema standen in seinem Bücherschrank, viele Sandrosen, Karten, Götterbilder zierten sein Arbeitszimmer.

Besonders liebte er die Statue der Göttin Bastet, die in Gestalt einer Katze dargestellt wurde. Bastet, an die sich die alten Ägypter in Liebesangelegenheiten vertrauensvoll wandten. Die Statue der heiligen Katze war ihm besonders vertraut wegen der Strenge und abweisenden Schönheit ihrer Erscheinung und wegen des heiligen Skarabäus, den sie stolz trug. Der aus vielen verzierten Ringen gefertigte Goldschmuck, der ihren Hals wie auch den der Pharaonen schmückte, verliehen ihrer Erscheinung besondere Bedeutung. Alles an ihr war voll beeindruckender Würde und strenger Schönheit. Die Göttin Bastet in Katzengestalt wurde geehrt und bewundert. Katzen, diese unergründlichen und geheimnisvollen Wesen, wurden im alten Ägypten als Götter verehrt.

Schon als Kind hatte der Vater die Tochter in die geheimnisvolle Welt der alten Ägypter geführt. Als Heranwachsende interessierte sie der Totenkult, das Mumifizieren, besonders. Wieso war im Altertum das Leben nach dem Tod das Wichtigste? Der Vater erklärte, dass man in alter Zeit glaubte, dass sich ein menschliches Wesen aus drei Teilen zusammensetzt: aus dem Leib, dem göttlichen Funken und dem Schatten, dem »KA«, der den Leib und den göttlichen Funken vereint. Wenn der Mensch stirbt, so trennen sich der Schatten und der Funke vom Leib. Wäre der Mensch rein geblieben und ohne sündhafte Schuld sein, so würde sein göttlicher Funke gemeinsam mit dem Schatten zu den Göttern eingehen und sein ewiges Leben beginnen. Da aber jeder Mensch Schuld in irgendeiner Form auf sich lädt, muss sein Schatten, sein KA, gereinigt werden, also seine Schuld sühnen. Er wird nur dadurch rein, dass er – unsichtbar umherirrend – gute Taten vollbringt.

Das Bestattungsritual, so glaubten die alten Ägypter, sichert dem Schatten Stärke und erleichtert ihm das Eingehen zu den ewigen Göttern.

Der schakalköpfige ägyptische Totengott und Gott des Mumifizierens, Anubis, Sohn des Osiris, entschied über das Schicksal der Verstorbenen. Er wog die Herzen und wurde zum Seelenbegleiter. Keine Sünde darf das Herz beschweren, sonst verschlang es ein widerliches Untier, und es war für immer verloren. Ins ewige Totenreich durften nur reine Herzen eingehen. Die Mumifizierung sollte dem Leib das Eingehen in das Land des ewigen Glücks ermöglichen. Dazu wurden auch Papyrusrollen mit Gebeten und Beschwörungen sowie das Totenbuch ins Grab gelegt. Texte aus dem Totenbuch wurden mit Hieroglyphen an die Wände der Grabkammer geschrieben. Waffen, Werkzeuge, Nahrungsmittel als Grabbeigaben, kleine Statuen von Tieren und Personen aus dem Haushalt des Verstorbenen sowie farbige Wandmalereien, die Ereignisse seines Lebens darstellen, sollten dem Schatten, dem KA, sein eigenes Heim in seinem Totenhaus finden lassen, damit er nicht unnötig in der Welt umherirrt.

Je reicher der Mensch war, desto üppiger gestaltete er seine Wohnung, sein Grabmal, für seinen Schatten, sein KA. Davon zeugen auch die riesigen Pyramiden, die dem Schatten auch im Reich der Götter Wohlstand und großen Reichtum sichern sollten. Das eigentliche Leben begann erst nach dem Tod, wenn das KA ins ewige Sein aufgenommen wurde.

Wenn der Mensch stirbt, lebt sein KA, sein Schatten, unsichtbar, aber fühlbar weiter. Die alten Ägypter glaubten, dass es besondere Menschen gibt, die die Gabe haben, die Schatten zu sehen und mit ihnen zu kommunizieren. Diese Menschen behaupteten, dass die Schatten dem lebendigen Menschen, zu dem sie gehörten, wie ein Zwilling glichen und dass sie sich im dünnen Nebel den Auserwählten zeigten.

Anja war sich nicht sicher, wie weit ihr Vater daran glaubte.

Er glaubte ja auch an die Wirkung von Amuletten.

Gleich nach der Wende war er mit ihr und der Mutter in dieses heiße, staubige und nicht frauenfreundliche Land gereist. Sie fanden das Land seiner Träume zwar nicht als Traumland, aber doch als Land großer Erlebnisse vor. Sie hatten in drei Wochen alle Kulturdenkmäler, von denen er wusste, gesehen und vieles erlebt, von dem er nicht wusste. Sie besuchten auch den Basar, auf dem der Vater vor Jahren sein Amulett, einen Skarabäus aus reinem, massivem Gold, erstanden hatte. Aber der alte Händler war nicht mehr zu finden, was den Vater sehr enttäuschte. Hatte er doch diesen Talismann mitgebracht, den er, seitdem er ihn erworben hatte, ständig an einer Kette aus reinem Gold trug. Einen echten Skarabäus. Ein wirkliches Amulett mit verborgenen Kräften.

Anja war genau bewusst, dass Skarabäen im alten Ägypten heilige Käfer waren und als Symbole der Sonne und des Lebens verehrt wurden. Sie waren auch ein Zeichen für Schöpferkraft, galten als Glücksbringer und wurden im Totenkult verwendet, da sie auch als Symbol der Wiedergeburt galten. Die heiligen Skarabäen wurden verehrt und geachtet, aber auch gefürchtet, da man ihnen geheimnisvolle Kräfte zuschrieb.

Der Vater hatte damals erzählt, dass er auf dem Basar von einem sehr merkwürdig und geheimnisvoll tuenden alten Ägypter diesen Skarabäus aus reinem Gold erworben hatte, nach langem Feilschen, versteht sich. Erst im Hotel, beim näheren Betrachten, hatte er die Inschrift auf der Rückseite des Amuletts entdeckt. Daraufhin hatte er den Dolmetscher um die Übersetzung gebeten. Nach langem Hin und Her, bei dem der Dolmetscher sehr unruhig und auch unwillig war, übersetzte er den Text. Eingraviert war:

*Dir und allem, was du hast,*
*sei großes Heil beschieden.*
*Hüte den heiligen Skarabäus.*
*Verlierst du ihn, verlierst du dein Glück.*

Anja wusste nicht, warum sie gerade jetzt daran denken musste und verjagte die ungerufenen Gedanken.

Wer glaubte schon an so etwas?

Die Fahrt erschien Anja endlos. An Dietrichs Schulter gelehnt, seinen Arm fest umklammernd, saß sie verkrampft im Auto. Als sie in der Rechtsmedizin angekommen waren, legte Kommissar Schmidt seine Hand auf die Schulter der jungen Frau und führte sie behutsam zu einer Trage, auf der er ein mit einem weißen Tuch zugedeckter Körper lag. Anja zitterte heftig. Dietrich drückte fest ihre Hand. Als sie neben der Trage standen, nahm Kommissar Schmidt das Tuch vom Gesicht der Toten.

Anja stand sehr bleich, regungslos, wie angewurzelt vor ihrer toten Mutter, sah ihr unverwandt ins Gesicht, das zur Seite geneigt und zum Teil verdeckt war. Das war ihre Mutter, und sie war es nicht. Denn das Gesicht, das sie kannte, sprühte voller Leben, sah immer gut gelaunt und fröhlich aus, war begeisterungsfähig mit lachenden Augen und einem redefreudigen Mund. Das Gesicht hier, zur Seite gedreht mit geschlossenen Augen, wachsbleich, kannte sie nicht, es war sehr, sehr fremd. Ein ganz und gar fremdes, nicht gekanntes Gesicht, zu dem sie keinen Zugang hatte.

Kalt.

Weit weg von ihr.

Und rätselhaft.

Es hatte einen erstaunten Ausdruck, sah irgendwie fassungslos aus. Was hatte die Mutter als Letztes in ihrem Leben gesehen? Hatte sie den Unfall vorausgesehen oder war sie im Gespräch mit dem Vater über eine seiner Bemerkungen erstaunt? Was war bloß geschehen?

Sie streckte die Hand aus, wollte den Körper noch einmal berühren, doch Dietrich hielt sie sanft, aber bestimmt, zurück.

»Ist das Ihre Mutter?«

Sie konnte nur stumm nicken. Ja, das war die Hülle ihrer Mutter. Aber die Mutter war es nicht. Nicht ihre Mutter. Nicht die Mutter, die sie kannte.

Sie war fern.

Ganz weit weg.

Irgendwo.

Wo mochte sie sein?

Wohin war ihr Geist gegangen?

Wo war ihr Schatten, ihr KA?

Konnte man ihn spüren?

Sie konnte es nicht. Weinen konnte sie auch noch nicht. Die Tränen fanden in der Kälte des Raums keinen Weg. Fröstelnd hob sie die Schultern:

»Ich will nach Hause.«

Nach Hause? Wo war das? Gab es denn in dieser Todeskälte noch das vertraute Zuhause?

Ja, nach Hause!

Schnell nach Hause!

Ins Haus des Vaters! Ins Vaterhaus.

Das klang vertraut und gab ein wenig Wärme zurück.

## II. KAPITEL

Frau Friederike Kasten, die Nachbarin, war eigentlich in ihrem aktiven Berufsleben mal Lehrerin gewesen. Aber das war lange her, wie auch ihr Frausein lange her war.

Als ihr Mann noch lebte, hatten sie viele Reisen unternommen. Zu DDR-Zeiten waren sie in allen Ländern gewesen, die man damals bereisen durfte. Sie kannten von Minsk bis Wladiwostok die damalige Sowjetunion, waren in Ungarn, der Tschechoslowakei, Polen, Kuba – eben im ganzen Ostblock herumgereist, hatten sich alles angesehen, Dias gemacht und Filme gedreht. Ihr Mann hatte dann in Abendveranstaltungen der Volkssolidarität diese Bilder und Filme gezeigt und war auf ein interessiertes Publikum gestoßen. Bildung kostete damals nichts. Wurde sie deshalb gering geschätzt?

Kurz nach der Wende begannen beide, die skandinavischen Länder für sich zu entdecken und zu bereisen. Alle diese Länder begeisterten sie und hinterließen als bleibenden Eindruck vor allem, dass das Leben hier in sehr geordneten Bahnen verlief. Das gefiel ihnen besonders. Alles war harmonisch, zweckmäßig, aufgeräumt und nicht hektisch. Die Leute arbeiteten hart, aber sie hatten wenigstens Arbeit, es ging ihnen gut, sie lebten gern in den eigenen Ländern.

Und sie waren zufrieden! Das Leben im eigenen Land sagte ihnen zu. Herr Kasten pflegte zu seiner Frau zu sagen:

»Also, wenn wir jünger wären, würde ich gern die Sprache erlernen und mich hier niederlassen. Diese Lebensweise gefällt mir.«

Zuletzt hatten beide eine längst gewünschte Reise unternommen, ohne zu wissen, dass es nicht nur für Herrn Kasten die letzte sein würde. Sie waren mit dem Bus zum Nordkap gefahren und hatten den Reiz dieser einmalig schönen, rauen und Erhabenheit verbreitenden Landschaft genossen. Ein Traum war für sie in Erfüllung gegangen. Am meisten beeindruckt hatte sie das Nordlicht am Kap, dieses eigenartig fremde faszinierende Lichtschauspiel, und die Majestät der Fjorde, vor allem die des Geirangerfjords. Und die Trollgesichter, die sie meinten in den hoch aufragenden Felsen zu entdecken, waren ein einmaliges Erlebnis. Die Norweger glauben, dass die Trolle am Tage im Stein wohnen oder in den dichten Wäldern beheimatet sind und erst nachts lebendig werden. Natürlich gab es Trolle! Und natürlich waren sie tagsüber unsichtbar. Daran konnte man hier einfach nicht zweifeln. Trolle waren etwas Natürliches, sie gehörten zum Leben dazu. Es gab gute und böse! Man hatte Glück, wenn man einen guten Troll zu Gesicht bekam, aber, wehe, es begegnete einem des Nachts ein böser Troll! Da war es leicht um einen geschehen!

Aber Frau Kasten hatte auch bei dieser Reise beobachtet, wie es alleinreisenden älteren Damen erging, und für sich festgemacht: Es gibt nichts Traurigeres als alleinreisende ältere Damen. Sie wurden einfach nicht für voll genommen. Es ging schon damit los, dass im Bus der Platz neben ihnen leer blieb. Da, wo sonst der Mann gesessen hatte, war eine Lücke, war gähnende Leere, die auf ihr Missgeschick, mannlos zu sein, aufmerksam machte. Im Hotel ging das so weiter. Einzelzimmerzuschlag als Strafe für das Mannlossein, Esstische, die Vierer- oder Sechsertische sind. Wieder bleibt ein Platz leer. Wieder fragt die Alleinreisende zögernd:

»Darf ich mich zu Ihnen setzen?«

Denn sie weiß ja nicht, wohin soll sie? Die Zweierleute setzen sich selbstverständlich da hin, wo für zwei oder vier oder sechs eingedeckt ist. Aber wo ist für die Einzelne gedeckt?

Hinzu kommt, dass ältere Frauen, auch wenn sie zu zweit reisen, misstrauisch, vor allem von anderen älteren Frauen, beäugt werden: Sind das Emanzen? Oder Lesben? Oder Witwen? Irgendwas stimmt doch mit denen nicht!

Sind es Emanzen, wendet man sich ab. Sind es Lesben, hat man ein schaurig-prickelndes Gefühl von Igittigitt, sind es aber Witwen, so droht Gefahr! Und die Gattin reagiert sehr sauer, sollte der Gatte auch noch höflich zu diesen Frauen sein.

Und Frau Kasten hatte für sich entschieden, nie eine Reise als ältere Dame allein anzutreten.

Ganz anders wäre es, wenn man jung ist: Junge Leute können gut allein verreisen. Sie finden rasch Kontakt, weil auch andere junge Leute allein reisen. Es ist völlig in Ordnung und problemlos, als junger Mensch allein zu reisen. Es kann sogar sehr spannend sein, weil man ja nie weiß, wer einem über den Weg laufen kann. Das Schicksal könnte einem ja froh zuwinken.

Oder man reist bewusst allein, weil man es so will, weil man ganz für sich und ungestört sein will. Oder man hat ein gestörtes Verhältnis zu anderen Menschen und reist deshalb allein, meist immer wieder an denselben Ort, der einem vertraut ist, damit man sich allein, aber nicht einsam fühlt. All dies traf für Frau Kasten nicht zu. Sie war nie allein gereist.

Als ihr Mann kurz darauf starb, quittierte Frau Kasten den Dienst und war mit einer damals guten Rente in den Ruhestand getreten. Und das meinte sie ernst. Sie meinte alles, wozu sie sich je entschloss, ernst.

Sie lebte von nun an in ihrem kleinen Häuschen, das ihr Mann ihr hinterlassen hatte, räumte den Keller um, bestellte Handwerker und richtete sich dort eine kleine Keramikwerkstatt mit Brennofen ein. Sie stellte Gebrauchskeramiken her, aber vor allem Skulpturen. Endlich konnte sie ihrem Hobby in Ruhe ihre Zeit widmen.

Und sie tat noch etwas mit großer Konsequenz: Sie weigerte sich, sich in das neue Leben integrieren zu lassen. Sie wollte nie mehr etwas tun müssen. Nie mehr zu etwas gezwungen werden. Sie wollte nur noch das tun, was ihr Freude bereitet.

Sie wollte nicht mehr reisen. Sie wollte keinen Computer. Sie wollte kein Handy, denn sie hatte ihr Telefon, und sie wollte keine Digitalkamera. Sie wollte eigene Ideen entwickeln und verwirklichen und mit der alten Spiegelreflexkamera motivierende Fotos machen. Sie wollte telefonieren. Sie wollte allein sein und ging nicht mehr von ihrem Grundstück.

Nicht einmal ihr Sohn, in Berlin arbeitend, wöchentlich anrufend, hatte sie dazu bewegen können, das zu tun, was alle ehemaligen DDR-Leute taten: Reisen! Sich die Welt ansehen. Sie wollte nicht. Sie meinte, sie hätte genug von der Welt. Die Zeit sei kostbar, und sie wolle sie dazu nutzen, endlich das zu tun, was sie immer gewollt hatte: Keramiken herstellen und sich an der Schönheit der Formen und Farben erfreuen.

Ihr Sohn fand vor allem ihre Einstellung zum Reisen völlig übertrieben und falsch.

Sie aber meinte eigensinnig:

»Das verstehst du nicht! Du bist noch nicht einmal fünf Jahre verheiratet. Dein Vater und ich waren Jahrzehnte miteinander und beieinander. Da ist es schon ziemlich schmerzhaft, den leeren Platz neben sich auszuhalten. Schließlich kann man die Leere nicht ignorieren. Sie ist da. Und man kann auch nicht beliebig den Platz neu besetzen. Es geht eben nicht. Aber – sei froh, dass du davon wirklich gar nichts verstehst. Sei froh, und lass mich nun in Ruhe!«

Damit war der Fall für sie erledigt. Es war alles gesagt.

Sie wollte allein sein. Nicht einsam, das war sie nicht. Aber allein. Sie genügte sich selbst, hegte mit Liebe vier verwahrlost ihr zugelaufene Katzen, die ihr dafür viel Liebe zurückgaben, und lebte zufrieden mit vielen Kontakten zur Außenwelt. Jeder ihrer Freunde und Bekannten, aber auch viele ihrer ehemaligen Schüler, fanden den Weg zu ihr. Man ging zu ihr, um einen schönen Gegenstand für sich selbst, oder als Geschenk gedacht, zu erwerben. Aber man ging auch zu ihr, wenn man ein kluges Gespräch suchte, einen Rat nötig hatte, wenn es einem gut und vor allem, wenn es einem ganz miserabel ging.

Sie war immer da.

Sie nahm sich für alle Zeit.

Sie hörte gut und lange zu.

Sie wusste immer, was zu tun war.

Und ihr Kaffee und der selbst gebackene Kuchen waren als Umrahmung für lange Gespräche als ein unverzichtbares Attribut notwendig und angenehm. Das Vertrauen der Leute in ihren Verstand und ihre Urteilsfähigkeit war schon legendär. Sie war ein Original. Und unerschütterlich.

Sie hatte selbstverständlich mit als erste von dem tragischen Unfall des Ehepaars Pagel erfahren und sofort gehandelt: Sie beherbergte den Freund von Anja und sagte in der Universität Bescheid.

Und dann wunderte sie sich. Ihr Nachbar, Herr Pagel, hatte, was er sonst selten tat, vor der verhängnisvollen Autofahrt den Hund

Egon, den er als ständigen Begleiter um sich hatte, zu ihr gebracht, den nun verwaisten Egon, einen Mischlingsrüden aus dem Tierheim, den Herr Pagel vor zwei Jahren zu sich genommen hatte und der sich durch ein sehr anhängliches und freundliches Wesen auszeichnete.

Sie streichelte das weiche Fell des Hundes und sagte;

»Ja, Egon, da haben wir nun ein Problem. Du bist verwaist, aber viel mehr ist es die verwöhnte Anja. Hoffentlich bleibt ihr der Vater!«

Anja hatte, nun wieder vor dem Elternhaus zögernd stehend, den Entschluss gefasst, erst Frau Kasten aufzusuchen, zu der sie seit ihrer Kindheit ein durch Respekt und Zuneigung geprägtes Verhältnis hatte. Sie musste zuerst mit ihr sprechen, um Kraft zu finden, wieder das verwaiste eigene Haus zu betreten, vor dem ihr graute, weil es so fremd geworden war, so leer. Sie vertraute Frau Kasten sehr und erhoffte sich in dem Gespräch mit ihr, neuen Mut zu schöpfen.

Als Anja das Nachbarhaus betrat, sprang Egon voller Freude an ihr hoch, er winselte vor Glück. Anja streichelte ihn und bat Dietrich, ein paar Schritte mit dem Hund zu laufen.

»Ich danke Ihnen, Frau Kasten, dass Sie sich des Hundes angenommen haben. Er ist ja seit gestern allein. So allein wie ich.«

Und endlich weinte sie, weinte und schluchzte lange in ihr Taschentuch.

Frau Kasten sagte nichts, sie ließ Anja weinen, bot ihr später Kaffee und selbstgebackenen Streuselkuchen an. Anja dankte mit versiegenden Tränen und merkte erst jetzt, wie hungrig sie eigentlich war. Beherzt griff sie zu und spürte, wie der heiße Kaffee und das köstliche Gebäck ihr gut taten und die Lebensgeister weckten.

Nach einiger Zeit sagte Frau Kasten:

»Anja, ich will dir, soviel ich kann, helfen.«

»Sagen Sie mir doch bitte, wohin meine Eltern wollten.«

»Soviel ich weiß, wollten sie eine gemeinsame Mahlzeit in ihrem Lieblingsrestaurant einnehmen, in dem sie als junges Ehepaar oft gewesen waren. Dein Vater hatte deine Mutter eingeladen. Irgendwas wollten die beiden begehen oder besprechen. Dein Vater meinte, sie müssten in Ruhe miteinander reden, in einer Umgebung, die beiden lieb und teuer sei. Sie haben Egon bei mir abgegeben, weil er wohl dort nicht mit ins Restaurant darf.«

»Ja, ich weiß«, sagte Anja. »Meine Eltern sind oft dort gewesen.

Eigentlich immer, wenn sie etwas Besonderes vorhatten oder etwas gefeiert haben. Wissen Sie, worum es ging?«

»Tut mir leid. Mehr als ich dir schon sagte, weiß ich leider nicht.«

»Ich verstehe nicht, was sie vorhatten. Was denn bloß wollten sie begehen oder besprechen? Ich verstehe das alles nicht. Und dann dieser mysteriöse Unfall! In meinem Kopf dreht sich alles. Ich verstehe nichts mehr.«

»Wie auch immer, Anja. Du wirst dich damit abfinden. Und das Leben muss weitergehen. Ohne deine Mutter. Wir müssen das Notwendige tun, auch, wenn es schmerzhaft ist. Ich denke an die Beisetzungsmodalitäten.«

Anja schluchzte laut. Oh, mein Gott! Wie sich das anhörte! So endgültig. So schrecklich. Mein Gott, wie sollte sie denn das alles bewältigen!

Frau Kasten wusste genau, was in dem Mädchen vorging, deshalb sagte sie:

»Du weißt, dass dein kluger und weitgereister Vater seit einiger Zeit oft zu einem Gespräch bei mir war.«

Anja sah sie erstaunt an. Davon wusste sie nichts. Darüber hatte der Vater nie mit ihr gesprochen. Aber sie hatten sich auch lange nicht gesehen. Zwar hatte sie wöchentlich telefonischen Kontakt zu den Eltern gehabt, aber gesehen hatten sie sich in den letzten Jahren, seit Anja in Berlin studierte, eigentlich nur zu Festtagen und Geburtstagen und in den Semesterferien ein wenig. Somit war der Kontakt eher lose. Jeder hatte zu tun. Man wusste ja, dass es dem anderen gut ging.

Wusste man das?

Auf einmal kamen ihr Zweifel. Hätte sie sich doch mehr zu Hause sehen lassen sollen? War wirklich nichts versäumt worden?

Was für Gespräche hatte der Vater mit Frau Kasten geführt? Und warum nicht mit der Mutter?

Alles unklar. Alles rätselhaft.

Frau Kasten hatte das Erstaunen der jungen Frau genau bemerkt. Sie fuhr ungerührt fort:

»Wir haben uns wunderbar unterhalten. Ich hatte ja Zeit. Und dein Vater auch. Wir waren gern zusammen. Ein Gespräch mit einem klugen Menschen ist immer ein Gewinn. Mit deinem Vater kann man alle Themen berühren. Er hat viel nachgedacht, denn dazu hatte er ja in den letzten Jahren reichlich Zeit. Diese Zeit hat er genutzt, um zu neuem Wissen zu gelangen. Wie gesagt, ein kluger Mensch, dein Vater. Und deshalb, meine liebe Anja, haben wir auch über den Tod gesprochen. Ich weiß genau, wie dein Vater und deine Mutter darüber denken, und wie sie alles wollen. Deine Mutter hat die schriftliche Verfügung mit unterschrieben, dein Vater bestand darauf. Sie liegt bei den Papieren im Schreibtisch deines Vaters. Wenn du willst, werde ich alles für dich im Sinne deiner Eltern regeln. Ich brauche nur eine Vollmacht von dir.«

Anja war ganz benommen. Erstaunlich, woran der Vater so gedacht hatte. In der Familie war das Thema Tod nie ein Thema gewesen. Warum sollte man die geliebte einzige Tochter damit behelligen? Ihr vielleicht Kummer machen? Sie verunsichern? Außerdem war man ja noch jung. Man fühlte sich leistungsstark und kerngesund. Wozu also sollte man sich beschweren mit Gedanken an das Ende, den Tod, wo man doch mitten im Leben stand. Nein, die Tochter sollte in Ruhe und Frieden und sorgenfrei, zügig, das war die einzige Forderung der Eltern, studieren. Ihre Eltern hatten sie immer so sehr umsorgt und alles Unangenehme von ihr fern gehalten.

Anja sah Frau Kasten voller Dankbarkeit an. Diese Frau wusste wirklich immer, was und wie eine Sache zu regeln war. Sie selbst fühlte sich außerstande, überhaupt irgendetwas sinnvoll zu regeln. Ihr Kopf war leer, und ihr Herz so schwer.

Verstehen konnte sie das, was geschehen war, noch lange nicht. Sie konnte es weder in seiner Tragweite erfassen und schon gar nicht wirklich begreifen. Das braucht seine Zeit. Und die Zeit heilt auch alle Wunden. Aber die Narben bleiben. Immer. Sie weisen auf die erlittenen Verletzungen hin und sind unheilbar. Narben der Seele.

Im Laufe des Nachmittags riefen Kollegen der Mutter an, auch die Klinikleitung, um ihr Beileid auszusprechen und mögliche Hilfe anzubieten. Anja bedankte sich mechanisch für die Anteilnahme. Wirklich wahrnehmen konnte sie wenig.

Am Abend kamen die vier befreundeten Ehepaare vorbei, die engsten Freunde der Eltern, die Anja ein Leben lang kannte. Sie redeten wenig, nahmen sie dafür fest in den Arm, saßen ein wenig beieinander, boten ihre Hilfe an, waren letztlich froh, dass Dietrich bei Anja war und Frau Kasten alles Nötige regeln würde.

Was kann man schon in solch einer fürchterlichen Situation tun? Einfach da sein, dem anderen zeigen, dass er nicht allein ist. Ein ganz kleines Stückchen Zuversicht geben. Reden kann man wenig. Es gibt nichts Gescheites zu sagen. Der Tod hat gesprochen. Er hat das letzte Wort.

Und Trost geben kann man gar nicht, weil es zu diesem Zeitpunkt keinen gibt. Man ist untröstlich. Vielleicht kann man sich später trösten oder trösten lassen. Jetzt, nach dem schlimmen Ereignis nicht. Da gab es keinen Trost, nur stille, dumpfe Verzweiflung. Und durch dieses Jammertal der Trostlosigkeit muss jeder selbst gehen. Diesen Gang muss man ganz allein tun. Niemand kann ihn abnehmen, niemand ihn begleiten. Die Hölle durchwandert jeder ganz allein, in tiefer Verzweiflung und Einsamkeit. Alle anderen sind Randfiguren, sie stehen am Rande der Hölle. Niemand kann mitgehen.

Es ist nur wichtig, dass man so allein irgendwie und irgendwann den Weg aus dieser Hölle zurück ins Leben findet.

Gibt es Wegweiser?

Anja wusste es nicht.

Kommissar Schmidt brütete über dem Obduktionsbericht. Er sagte zu seinem Mitarbeiter:

»Die Verletzungen der Frau waren so schwer, dass sie sofort tot war. Ich verstehe nicht, weshalb der Airbag sich nicht geöffnet hat. Und wieso waren beide nicht angeschnallt, wenn, wie ihre Tochter sagt, ihr Vater ein so umsichtiger Fahrer ist?«

»Vielleicht hat sie ihren Mann gebeten, anzuhalten, und wollte mal aussteigen. Da hat sie schon mal den Sicherheitsgurt gelöst.«

»Aber das macht doch keinen Sinn! Er fuhr sehr schnell auf der Landstraße, vermutlich fast 100 km/h. Das ermittelte die Spurensicherung. Da steigt man doch nicht aus!«

»Immerhin hatte er ein schnelles Auto mit kurzem Bremsweg auf trockener Fahrbahn. Es hatte nicht geregnet. Der Fahrer hätte schnell halten können.«

»Hat er aber nicht. Er ist ohne zu bremsen an den Pfeiler geknallt.«

»Das sind alles Spekulationen. Warten wir den kriminaltechnischen Bericht ab. Vielleicht sind wir dann klüger.«

Anja rief im Klinikum an und erfuhr, dass der Zustand ihres Vaters unverändert sei, sie ihn aber jederzeit besuchen könne. Das wollte sie sofort tun. Es zog sie magisch in die Nähe des Vaters. Da, wo er war, war Hoffnung, war Zuversicht, war Leben. Es war die Hoffnung auf die gewohnte Sicherheit und das vertraute Leben. Sie hoffte auf die Wundermedizin, die Apparatemedizin des 21. Jahrhunderts.

Heute kann man doch fast alles!

Dann saß sie mit Dietrich den ganzen Nachmittag am Bett des Vaters. Die beiden jungen Leute hielten sich fest an den Händen und sprachen leise miteinander. Sie waren überzeugt, dass der Vater sie wahrnehmen konnte, denn sie hatten gehört, dass man nie genau wusste, was der Kranke, auch im künstlichen Koma liegend, aufnehmen konnte. So hoffte Anja inständig, dass ihre Gespräche und das Streicheln seiner Hände bis zu ihrem Vater vordringen würde. Ja, sie war fest davon überzeugt, dass ihre Gegenwart dem Vater gut tat, dass er sie spürte. So sprach sie leise zu ihm:

»Papa, wir sind bei dir, Dietrich und ich. Es geht dir schon besser. Und zu Hause ist auch alles in Ordnung. Mach dir keine Sorgen, wir sind ja da. Und wir haben Egon zu Frau Kasten gebracht. Er wartet dort auf dich. Du weißt doch, dass Egon am liebsten mit dir spazieren geht. Er vermisst dich sehr. Also, sieh zu, dass du bald wieder zu Hause bist!«

Anja beobachtete auf dem Monitor, dass die Pulsfrequenz beim Erwähnen des geliebten Hundes gestiegen war. Aufgeregt lief sie ins Ärztezimmer, um es zu berichten:

»Kann es sein, dass mein Vater uns hört? Er hat doch ganz deutlich reagiert! Da kann es doch sein, dass er bald aufwacht?«

»Alles ist möglich. Aber, haben Sie Geduld. Wir wollen doch Ihren Vater besser noch eine Weile im künstlichen Koma lassen. Wir müssen ihn schonen. Sein Zustand ist nach wie vor kritisch. Glauben Sie uns, wir müssen ihn schonen. Alles, was wir tun, geschieht zu seinem Besten.«

»Ja. Gut. Davon sind wir auch überzeugt. Es wäre nur zu schön, ihn wieder lächeln zu sehen, dass er wieder da ist.«

»Haben Sie Geduld!«

»Ja, wir müssen geduldig sein.«

Geduld. Der Vater hatte immer Geduld. Vor allem mit seinen beiden Frauen, wie er seine Frau Katharina und die Tochter Anja gern nannte. Dieser Vater, Klaus Pagel, war immer das starke Zentrum ihrer kleinen Familie gewesen. Die Mutter liebte und verehrte ihn sehr. Sie genoss es, sich an diesen großen, starken Mann anzulehnen, zu ihm, da sie kleiner war als er, auch aufzuschauen. Sie liebte ihn, weil er so war, wie er war, so gut aussehend, stark, zuverlässig und ewig verliebt in sie. Beide wurden wegen dieser Stärke ihrer Beziehung oft beneidet, was beide genossen. So war es für die Mutter selbstverständlich, dass sie in Abwesenheit des Vaters, der oft beruflich im Ausland war, alle Aufgaben übernahm und ihm auch treu war. Von wenigen Versuchungen abgesehen, denen sie aber nicht erlag und von denen der Vater natürlich nichts wusste, war Katharinas Weste blütenrein.

Und das nahm sie auch von ihrem Mann an. Sie prüfte es nie. Das wäre ihr zu schäbig erschienen. Der Stachel des eifersüchtigen Nachdenkens plagte sie aber doch. Männern konnte man nur misstrauen. Sie waren so leicht manipulierbar. Kein Mann konnte sich ernsthaft vorstellen, wozu eine Frau in der Lage war, wie abschüssig und verwinkelt ihr Denken, wie vielfarbig ihre Fantasie, wie zielgerichtet ihr Handeln, wenn sie etwas absolut wollte. Dazu reicht die Fantasie von Männern, die geradlinig denken, nicht im mindesten aus. Aber Katharina bezwang sich. Sie hatte schließlich keinen Grund und auch keinen Anlass, misstrauisch zu sein.

Und wenn der Vater nach Hause kam, war das immer ein großes Fest. Allein, dass er wieder da war, bedeutete schon Glück für alle drei. Und die wunderbaren Sachen, die er immer mitbrachte, die köstlichen Geschichten, die er zu erzählen wusste! Es war immer so spannend und aufregend mit ihm.

Nach der Wende hatte ein langjähriger Geschäftspartner des Vaters, ein Ägypter, der sich in Berlin geschäftlich aufhielt, das Ehepaar Pagel zum Abendessen in seine Privatwohnung, die er für seinen Aufenthalt gemietet hatte, eingeladen. Die Mutter war sehr aufgeregt. Erlebte sie doch zum aller ersten Mal so etwas. Zu DDR-Zeiten hatte sie ihren Ehemann nie begleiten dürfen, was sie oft sehr geärgert hatte. Auch als er einmal drei Monate in der algerischen Wüste arbeiten musste, aber auch drei Wochen in Algier war, hatte man ihr nicht erlaubt, ihn zu sehen. Sie und die Tochter blieben als Pfand für das Wiederkommen des Vaters zurück. Das Misstrauen, sie hätte ja »abhauen« können in den verpönten Westen, war zu groß. Man vertraute Katharina nicht. Man vertraute niemandem. Das war kränkend. Aber es war ja glücklicherweise vorbei. Und nun konnte sie endlich an der Seite ihres schönen, klugen Mannes, der ihr ganzer Stolz war, vor seinen Geschäftspartnern glänzen. Und sie wollte einfach richtig gut aussehen, zumal sie von ihrem Mann wusste, wie sehr Araber blonden Frauen zugetan sind. So zog sie das royalblaue Kleid, dass ihr so gut stand, an und trug dazu eine goldene Kette mit Rubinanhänger, dazu passende Ohrringe und einen Ring mit kleinem dunkelrotem Rubin. Als sie sich ihrem Mann so präsentierte, leuchteten seine Augen auf:

»Du siehst einfach umwerfend aus!«

»Du aber auch.«

Und Anja ergänzte:

»Was habe ich nur für fantastische Eltern. Ihr werdet Eindruck schinden.«

Das Abendessen bei dem ägyptischen Geschäftsfreund wurde ein

Fest für Katharina. Nicht nur, dass sie ihr Mann durch seine perfekten Umgangsformen und sein flüssiges Englisch faszinierte – die ganze weltmännische Atmosphäre, die teure Ausstattung der Wohnung, die vielen wertvollen Gegenstände, die Seidentapeten, der ganze Luxus überwältigten sie.

Sie war fasziniert.

Das war ein Leben!

So viel Luxus!

So ein Leben wäre etwas für sie!

So wollte sie auch leben.

Jetzt, im neuen Leben, nach der Wende, war so vieles möglich. Warum nicht auch das? Und schließlich verdienten sie beide gut. Und sehr bald würden sie noch mehr verdienen. Und dann könnte man sich endlich ein wenig Luxus leisten. Luxus war das eigentliche, das angenehme Leben. So sollte man leben! So wollte sie leben! Ganz genau so!

Die Frau des Gastgebers, gekleidet in ein kostbares, vielfarbiges Gewand, erschien und begrüßte zurückhaltend die Gäste. Sie blieb aber nur kurz. Mit Blicken bedeutete ihr der Ehemann, dass sie gehen sollte. Es ist in arabischen Ländern nicht üblich, dass Frauen und Männer an einer Tafel sitzen.

Klaus Pagel hatte seine Frau gründlich informiert über die andere Lebensweise seines Geschäftsfreundes. Er hatte ihr auch gesagt, dass sie als seine Frau Privilegien genießen würde, die sonst nicht üblich waren. Noch am Vortag des Besuchs erfuhr Katharina, dass ihr Mann seinen Geschäftspartner genau instruiert hatte, wie sie zu behandeln sei. Er hatte dem Ausländer bedeutet, dass seine Frau Ärztin sei, wie ein Mann arbeite und deshalb wie ein Mann zu behandeln sei, also gleichberechtigt. Man merkte es aber dennoch dem Gastgeber an, dass es gänzlich ungewohnt für ihn war, eine Frau mit Kaffe und

Gebäck zu versorgen und auch das Wort an sie zu richten. Katharina gab sich – trotz ihres nicht guten Englisch – die größte Mühe, charmant zu sein. Da ihr Mann an ihrer Seite war, der ihre Hand fest drückte, überwand sie die Scheu und konnte auch an dem Gespräch, das zunehmend lockerer wurde, teilnehmen. Es war für Katharina wichtig, dem Gastgeber zu bedeuten, welch großen Eindruck der Luxus dieser Wohnung auf sie machte. Sie bewunderte die schönen Gegenstände, ganz besonders einen Wandteppich, handgeknüpft, mit einzigartig schönen Farben und Mustern. Weinrot die Grundfarbe, eingewebt in Gelb- und Grüntönen schematisch dargestellte Tiere und Pflanzen, die, als sich wiederholendes Muster, den Teppich belebten und von großer Formschönheit waren. Der Gastgeber lächelte, sich höflich verneigend, und überreichte ihr den bewunderten Gegenstand als Geschenk. Katharina war überrascht und verlegen. So hatte sie es nicht gemeint. Aber der Gastgeber bestand auf seinem Geschenk, und ihr Mann bedeutete ihr, dass sie es unbedingt annehmen müsse, weil sie den Geber sonst beleidigen würde. Es sei üblich in arabischen Ländern, dass man aus Gründen der Gastlichkeit gelobte Gegenstände verschenke an den Lobenden.

Man trennte sich in bestem Einvernehmen und mit der Einladung zu einem Gegenbesuch, der wenig später erfolgen sollte.

Katharina hatte im Vorfeld Hausfrauenprobleme: Was koche ich?

Aber Mann und Tochter sagten:

»Natürlich was typisch Deutsches! Wie wäre es mit Rinderrouladen mit Rotkohl und Salzkartoffeln?«

Ahmed, der ohne seine Frau gekommen war, überreichte der Hausfrau einen riesigen Blumenstrauß und ein Schächtelchen, das eine wundschöne goldene Brosche enthielt. Dann sah er sich im Haus neugierig um. Es schien ihm zu gefallen. Am beeindruckendsten für ihn waren die vielen Bücher, die in allen Räumen zu finden waren. Er fragte den Gastgeber:

»Hast du die alle gelesen?«

Und der Gastgeber antwortete schmunzelnd:

»Ja, die haben wir alle gelesen. Meine Frau und meine Tochter ebenso wie ich.«

»Dann hast du ja gelehrte Frauen. Ist das gut?«

»Mein lieber Ahmed, für mich ist es gut, glaube mir!«

Der andere wiegte zweifelnd den Kopf. Von nun an war er der Gastgeberin gegenüber noch deutlich zurückhaltender. Frauen, die wie Männer lebten, das war nichts für ihn.

Über das Gastgeschenk, einen Bildband über Berlin/Brandenburg in englischer Sprache, freute er sich sehr, als er sich vollendet höflich von seinen Gastgebern verabschiedete.

Man sah sich danach nicht wieder. Es blieb bei diesen beiden Treffen, weil es alle so wollten. Dennoch sprach man in der Familie Pagel noch lange davon. Es war schließlich die erste Begegnung der beiden Frauen mit einer so ganz anderen Welt.

Dietrich hatte sich ein paar Tage Urlaub genommen. Er arbeitete in einer renommierten Computerfirma und galt als absoluter Fachmann, worauf er sehr stolz war. Computer waren seine Leidenschaft. Aber jetzt war Anja wichtiger. Er wollte Anja auf keinen Fall allein lassen. So allein im verwaisten Haus der Eltern, das konnte er nicht verantworten. Dankbar hatte Anja sein Angebot angenommen und war dann spätnachts, tränennass, an seiner Schulter eingeschlafen.

Ein lautes Klingeln weckte sie am frühen Morgen. Egon rannte zur Tür und meldete laut bellend den Besuch an. Wer konnte das zu dieser frühen Stunde sein? Seufzend erhob sich Anja, noch sehr müde, und öffnete im Morgenrock.

Vor der Tür standen zwei Riesenkerle und ein Umzugswagen:

»Morgen! Wir wollen die Möbel abholen.«

»Was für Möbel?« Anja war erstaunt und verwirrt.

»Hier wohnt doch Doktor Katharina Pagel?«

Anja nickte.

Einer der Möbelträger kramte in seiner blauen Latzhose und holte schließlich ein gefaltetes Papier hervor:

»Sehen Sie! Hier unser Auftrag. Wir holen die Möbel ab. Frau Doktor Pagel ist seit gestern umgezogen. In die Kurfürstenstraße.«

Anja schüttelte heftig den Kopf:

»Das kann doch nicht sein. Nein. Nein. Sie müssen sich irren!«

Anja hielt den Umzugsauftrag fassungslos in den Händen. Sie begriff nichts.

Dietrich, der plötzlich hinter ihr stand, schaltete sich ein:

»Zeigen Sie doch mal her!«

Nachdem er den Auftrag gelesen hatte, sagte er zu den zögernd dastehenden Möbelträgern:

»Der Auftrag ist in Ordnung. Es findet dennoch kein Umzug statt. Frau Dr. Pagel lebt nicht mehr. Für die Unkosten kommen wir auf. Schicken Sie die Rechnung. Auf Wiedersehen.«

»Auf Wiedersehen. Und – nichts für ungut. Wir konnten ja nicht wissen ...«

»Schon gut.«

Nachdem die Möbelmänner abgerückt waren, sagte Dietrich zu der sprachlosen Anja:

»Ich verstehe das ebenso wenig wie du. Am besten, wir fragen Frau Kasten.«

Frau Kasten hatte den Besuch der beiden jungen Leute schon erwartet. Der Möbelwagen vor dem Nachbarhaus hatte sie alarmiert. Sie wusste nicht so recht, wie sie alles erklären sollte, ohne den Schmerz der Tochter noch zu vergrößern, was sie auf jeden Fall vermeiden wollte. Die Wahrheit im menschlichen Leben ist oft so bitter.

Und was ist *die* Wahrheit?

Liegt sie nicht unergründlich auf dem Boden eines unendlich tiefen Brunnens?

Wer konnte sich schon anmaßen, die ganze Wahrheit zu kennen?! Einstein wusste, dass es nichts Absolutes gibt. Alles ist relativ und hängt vom Betrachter ab. Also gibt es auch keine absolute Wahrheit, sondern immer nur relative Wahrheiten.

Gab es nicht im menschlichen Leben oft viele Wahrheiten und nie die eine ausschließliche Wahrheit?

Wer konnte sich anmaßen, da Richter zu sein?

Und wer schon, welche Wahrheit zu sagen?!

Es gab immer viele Wahrheiten im menschlichen Leben. Aber nie *die* Wahrheit. Und wie viel würde Anja verarbeiten können? Wie viel an Wahrheit konnte sie dem Mädchen jetzt zumuten?

Sie musste klug auswählen. Ihr fiel Aristoteles ein: Klug kann nur ein guter Mensch sein. Nur, wer wirklich gut ist, wird das richtige Maß und die richtigen Worte finden, die den anderen so wenig wie möglich verletzen, ihm vielmehr helfen, ein wenig zu verstehen. Gebe der Himmel, dass sie klug genug war und die richtige Auswahl von zumutbarer Wahrheit für Anja fand. Möge für sie das Goethe-Wort auch wirklich zutreffen: Allwissend bin ich nicht, doch viel ist mir bewusst.

Ja, sie musste wohlüberlegt und wohlabwägend vorgehen.

Sie musste bewusst und klug auswählen.

Frau Kasten vermutete, dass die Eltern Anja in keiner Weise eingeweiht hatten. Probleme sollte es für die geliebte Tochter nicht geben. Die Eltern hätten ihr erst reinen Wein eingeschenkt, wenn alles geregelt war. Erst dann, wenn es für Anja keine Schwierigkeit mehr sein würde, mit der veränderten Situation auch umgehen zu können.

Als Anja dann, ein Häufchen Elend, sich an Dietrich festklammernd, den verunsicherten Hund Egon neben sich, vor ihr saß, verließ Frau Kasten fast der Mut, ihr ein wenig von der unerfreulichen Wahrheit zu sagen. Sie begriff, dass ihre Vermutung, Anjas Eltern hätten sie völlig im Dunkeln gelassen, zutraf. Und nun sollte sie, eine Außenstehende, Rede und Antwort stehen.

Durfte sie das überhaupt? Sich in so ganz Privates einmischen?

War das nicht Sache des Vaters?

Was durfte sie sagen?

Was musste sie verschweigen?

Seufzend und überlegend, in ihrem Lieblingssessel sitzend, ergriff die Katze Flöckchen sofort die günstige Gelegenheit, auf Frau Kastens Schoß zu springen und sich dort nach mehrmaligem Drehen schnurrend niederzulassen. Flöckchen war eine Glückskatze, die alle Katzenfarben von blendendem Weiß über Rötlich, Ocker, Grau bis Tiefschwarz besaß. Sie war Frau Kasten vor zwei Jahren völlig abgemagert und verwahrlost zugelaufen und hatte sich bei guter Pflege zu einer besonders schönen und klugen Katze entwickelt. Jetzt sah sie Frau Kasten aus ihren unergründlich rätselhaften grünen Augen blinzelnd an, als verstünde sie die Gedankenschwere ihres Frauchens. Ruhend im Zentrum ihres eigenen starken Katzenwesens drückte ihr ganzes Verhalten Vertauen und Verstehen ohne Worte aus. Sie gab ihrem von ihr erwählten Menschen Ruhe und Gelassenheit und damit Kraft, richtige Entscheidungen besonnen zu treffen. Die Katze sanft streichelnd, wurde Frau Kasten leichter ums Herz.

Nur keine Feigheit, Friederike, so rief sie sich zur Ordnung.

»Sag mir, Anja, was du denkst. Ich werde dir dann das sagen, was ich dazu weiß.«

»Was soll ich schon denken, Frau Kasten? Ich kann nichts denken, weil ich nichts verstehe. Mutti wollte wegziehen?! Warum? Und wieso in die Kurfürstenstraße? Hatte sie eine Zweitwohnung? Aber wozu? Im Haus ist doch genug Platz. Ich kann das alles nicht verstehen.«

»Es stimmt, deine Mutter wollte in die Kurfürstenstraße ziehen. Sie wollte richtig ausziehen. Getrennt von deinem Vater leben. Die Möbel ihres Arbeitszimmers mitnehmen. Nur diese. Verstehst du?«

»Aber wieso denn? Meine Eltern haben sich doch immer gut verstanden.«

»Das mag sein. Aber manchmal braucht man eine Auszeit: Man will einfach mal für sich sein. Eine Weile ohne den anderen leben. Vielleicht, um sich auf sich selbst zu besinnen. Das gibt es. Und das finde ich ganz vernünftig.«

»Und warum haben sie mir beide nichts davon gesagt?«

»Vielleicht, weil es nicht so gravierend für euer Familienleben sein sollte. Du warst doch zum Studium in Berlin. Was sollten sie dich unnötig beunruhigen.«

»Meinen Sie?«

»Könnte immerhin sein«, sagte Dietrich. »Deine Eltern haben dich doch gern in Watte gepackt.«

»Aber verstehen kann ich es dennoch nicht«, sagte Anja.

Als Anja und Dietrich im Elternhaus zu Mittag aßen, sagte Dietrich:

»Wir müssen uns mal das Zimmer deiner Mutter ansehen. Und wir müssen auch die Papiere suchen. Ich finde, dass das nötig ist.«

Anja nickte:

»Gut, wenn du meinst.«

Dietrich war immer der Vernünftige, der das Notwendige anmahnte.

Sie stiegen gemeinsam die schmale Treppe zur ersten Etage hinauf. Vorsichtig öffneten sie die Tür, sahen gespannt in das Wohn- und Arbeitszimmer der Mutter. Aber das Zimmer war nicht mehr das, welches Anja kannte. Die Möbel standen ausgeräumt, kahl und leer an den Wänden, sahen sie mit kalten Augen an. Unpersönlich. Völlig fremd. Nichts mehr von den so vertrauten Sachen der Mutter war zu sehen. Keine ihrer den Raum so gemütlich und anheimelnd machenden hübschen Gegenstände, keine Bücher, keine Bilder, nicht einmal Fotos. Kahle leere Wände, die fast obszön in ihrer Nacktheit wirkten.

In der Mitte des Zimmers standen wohlgeordnet einige Umzugskartons. Standen nichtssagend einfach da. Sachlich. Eine fremde Sprache sprechend. Große Kartons, in denen sich all die schönen Dinge, säuberlich weggeräumt, befanden, die Anja jetzt so vermisste. Vertraute Sachen, Kindheitserinnerungen, wertvolle Erinnerungsschätze wie die goldene Tischuhr, die der Vater seiner Frau zum runden Geburtstag geschenkt hatte, oder das kostbare Meißener Porzellanservice, die geschmackvollen Terrakottavasen aus Griechenland, gehämmerte Messingkrüge aus der Türkei und aus Ägypten, die der Vater sich von seinem Tagegeld erspart hatte, um sie ihr zu schenken, die schöne Dinge liebte. Und ihr ganzer Schmuck? Die vielen Goldketten, Ohrgehänge, Broschen und Ringe! Einfach weggesperrt. Nicht mehr zu sehen. Weg, als hätte es sie nie gegeben.

Dietrich sagte leise:

»Ach, du meine Güte. Hier sieht es ja wirklich nach Umzug aus.«

»Lass mich in Ruhe! Lass mich bloß in Ruhe!«

Dietrich schwieg betroffen.

Anja schluchzte, hilflos weinend leise in ihrer Verlassenheit.

Sie fühlte die Mutter nicht mehr. Sie war weg. Verschwunden. Kalt und fremd alles um sie her.

Nur der Duft der Mutter, der ihr eigene vertraute Geruch, der an die Kindheit und die beruhigenden Gute-Nacht-Geschichten erinnerte und ihr wundervoll zartes Parfüm Chanel Nr. 5 waren im Zimmer geblieben. Sie waren das einzig Vertraute in dieser kahlen Welt. Ein ziehender Schmerz in der Herzgrube durchfuhr sie, eine so tiefe Sehnsucht nach der Mutter, ihrer Stimme, ihrem Lachen, ihrer ganzen unverwechselbar großartigen Person erfasste sie. Eine Sehnsucht, die nie mehr gestillt werden konnte. Nie. Nie mehr.

»Mama, wie konntest du nur sterben?! Wieso hast du mich hier allein gelassen?! Warum tust du mir das an?«

Fassungslos ließ sich Anja auf einen der Umzugskartons fallen. Dort saß sie lange. Regungslos.

Bewegungslos.

Ganz hingegeben ihrem Schmerz und ihrer Traurigkeit. Dann sagte sie tonlos:

»Ich weiß es jetzt ganz genau, Dietrich. Sie wollte wirklich und wahrhaftig weg. Sie wollte uns verlassen.«

»Aber du hast doch gehört, dass es nur vorübergehend sein sollte.«

Doch Anja schüttelte den Kopf. Immer wieder. Sie war nicht zu beruhigen. Sie wollte sich nicht beruhigen. Sie wollte die Wahrheit. Und nichts als die Wahrheit.

Sie hatte auf einmal das Gefühl, dass Dietrich doch ein Außenstehender war und nicht genug von dem begriff, was hier vorging und was in ihr vorging. Ihr wurde sehr bewusst, dass etwas endgültig und für immer in ihrem Dasein verändert war. Sie dachte: Die Mutter wollte weg. Vielleicht weit weg von hier. Und nun ist die Mutter wirklich ganz weit weggegangen. Ein Weg ohne Wiederkehr. Sie wollte Vater und mich im Stich lassen. Und nun zwang sie eine viel größere Macht, als Menschen es sind, für immer zu gehen. Viel weiter weg, als sie es je vorgehabt hatte.

Anja sah Dietrich mit großen, nachdenklichen Augen an und sagte nach einer Weile mit belegter Stimme, den Kopf schüttelnd:

»Ich spüre es. Ich weiß es, sie wollte weg. Sie wollte uns verlassen. Sie wollte ein Leben ohne uns. Das ist die Wahrheit. Die ganze Wahrheit. Die ganze schreckliche Wahrheit. Nichts anderes werde ich glauben.«

Anja zog die Beine an, zog sich wie ein Embryo in sich selbst zurück.

Lange saß sie so da, ohne sich zu regen.

Immer wieder sagte sie leise wie zu sich selbst:

»Sie wollte uns verlassen. Für immer fort von uns. Wir haben sie nicht mehr interessiert. Wir waren nicht mehr wichtig für sie. Sie wollte weg. Für immer weg. Das ist die Wahrheit.«

Ihre schöne heile Welt gab es nicht mehr.

Es würde sie nie mehr geben.

Vor ihr lag ein zerbrochenes Dasein, ein einziges Trümmerfeld. Wie sollte sie in diesen Ruinen ihres Daseins leben können?

Plötzlich packten sie kalte Wut und wilde Verzweiflung:

»Wieso wollte sie weg von uns, von Vater und mir? Was haben wir ihr getan, dass sie nicht mehr bei uns sein wollte? Wieso passte ihr unser Leben nicht mehr? Was? Warum?!«

Anja sprang wütend auf, nahm den erst besten Karton und warf ihn zornig und mit aller Kraft gegen die Wand. Lautes Scheppern und Klirren war zu hören.

»Das war Glas oder Porzellan.«

Die sachliche Bemerkung Dietrichs brachte Anja zur Vernunft.

»Sicherlich ist alles kaputt«, ergänzte er.

»Na, und?«, sagte Anja trotzig. »Ich hätte sowieso nichts davon gewollt. Ich nehme nichts von Verrätern!«

»Anja, um Himmels willen! Beruhige dich, morgen ist auch noch ein Tag. Oder, Anja, wie haben wir es in der Schule gelernt? In Russland sagt man: Lege dich auf den Ofen, Väterchen, der Morgen ist klüger als der Abend.«

»Was für ein Morgen?«, sagte Anja tonlos.« Was soll er schon bringen? Ein trüber Morgen. Alles ist so elend und so leer.«

Anja lehnte sich nun doch dankbar an seine Schulter. Wie gut, dass es den Freund gab.

Kann es sein, dass sie noch vor wenigen Tagen sorglos gelebt hatte?

War das nicht schon Lichtjahre her?

Wie sollte sie bloß weiterleben?

Wie sollte sie auf den Trümmern ihres Daseins ein sinnvolles Leben gestalten?

Sie wusste es nicht.

Sie wusste gar nichts mehr.

Die Welt, ihre Welt, war aus den Fugen.

Kommissar Schmidt hielt den Bericht der Kriminaltechniker in den Händen. Er hatte schon darauf gewartet und erhoffte sich mehr Klarheit im Verkehrsunfall des Ehepaars Pagel.

Die Kriminaltechniker bestätigten, was er schon vermutet hatte, dass es ein Unfall war mit vielen Unbekannten.

Rätselhaft war nach wie vor, weshalb das Auto auf trockener Fahrbahn ungebremst an den Brückenpfeiler gerast war, obwohl die

Bremsen technisch in einwandfreiem Zustand waren. Auch ein Reifenschaden schied als Unfallursache aus.

Die Lenkung war ebenfalls technisch in Ordnung.

Was also war die Ursache des Unfalls?

Die Kriminaltechniker hatten gute Arbeit geleistet, obwohl sie nicht eindeutig den Unfall aufklären konnten. Viele Fragezeichen gab es nach wie vor.

Unklar blieb auch, weshalb beide nicht angeschnallt waren und warum sich der Airbag auf beiden Seiten nicht geöffnet hatte, obwohl das Auto in allen Details in technisch gutem Zustand gewesen war. Es war nichts manipuliert worden.

Eigentlich hätte auf dieser wenig befahrenen Landstraße nichts passieren dürfen. Aber es war passiert – mit so schlimmen Folgen.

Was käme noch infrage?

Einen Selbstmord konnte man doch wohl ausschließen. Die Eheleute lebten in geordneten Verhältnissen. Herr Pagel war zwar seit Jahren arbeitslos, aber dieses Schicksal betraf heute viele Menschen, es war nichts Außergewöhnliches. Außerdem verdiente Frau Pagel als kürzlich erst berufene Chefärztin im Krankenhaus so viel Geld, dass beide, und die Tochter dazu, davon gut leben konnten. Sie hatten nachweislich keine Geldsorgen. Das alles war ja zuverlässig überprüft worden. Und von anderen Problemen, wie etwa Eheproblemen, war nichts bekannt. Schließlich hatten sie erst im Sommer ihre Silberhochzeit gefeiert.

Auch Drogenmissbrauch oder Alkohol am Steuer schieden als Unfallursache aus. Es fanden sich bei beiden keine Anhaltspunkte. Nichts, was man weiter hätte verfolgen müssen. Das Labor hatte hier ebenfalls gute Arbeit geleistet.

Blieb noch versuchter Versicherungsbetrug.

Auch hier hatte man sorgfältig ermittelt. Außer einer Unfallversicherung in geringer Höhe und einer Lebensversicherung mit ebenfalls nicht hohem Betrag hatte man nichts gefunden. Wenn sich einer hätte bereichern wollen auf Kosten der Versicherung, hätten die Auszahlungsbeträge viel höher sein müssen. Die abgeschlossenen Beträge deckten die Unkosten für das Haus und das Anwesen sowie aller zu zahlender Gebühren, und sie ermöglichten der Tochter, sorgenfrei ihr Studium fortsetzen und beenden zu können. Bereichern konnte man sich da aber nicht.

So war und blieb es ein Unfall, ein Unfall mit tragischen Folgen. Aber nicht mehr.

Nirgendwo konnte man etwas Ungesetzliches oder gar ein Verbrechen entdecken.

Es war ein Unfall, wie sie täglich passieren. Und wer regte sich schon da noch auf? Wen bedrückten die vielen Toten im Straßenverkehr ernsthaft?

Es war und blieb ein tragischer Unfall.

In die Akte schrieb Kommissar Schmidt: »Vermutlich Fahrfehler«.

Seufzend schloss er die Akte und legte sie in das Fach »Abgeschlossene Fälle«. Menschliches Versagen war die einfache und mögliche Erklärung. Etwas anderes kam nicht in Betracht.

Dann griff er zum Telefon, um sein Versprechen einzulösen und die Tochter Anja zu informieren. Er erreichte sie sofort.

Anja hörte sich den Kurzbericht des Kommissars still an. Dann fragte sie:

»Und wie ist das alles passiert?«

»Das habe ich Ihnen doch erzählt. Das Auto Ihrer Eltern ist bei Kilometerstein 55 an einen Brückenpfeiler gefahren.«

»Aber warum?« Anja schrie es fast.

»Das wissen wir leider nicht. Es muss einer jener tragischen Unfälle sein, die wir nicht erklären können, weil es keine Erklärung gibt.«

»Sind Sie auch ganz sicher, dass es ein Unfall war? Ist das Auto nicht vielleicht von einem gewissenlosen Raser abgedrängt worden?«

»Dafür gibt es keine Anhaltspunkte«, sagte der Kommissar sehr ruhig. Und dann weiter:

»Sie können sicher sein, Frau Pagel, wir haben alles Menschenmögliche in Betracht gezogen. Es war ein Unfall.«

Pause.

»Vielleicht ist Ihr Vater ganz kurz unaufmerksam gewesen oder hatte einen Sekundenschlaf. Es ist doch vieles denkbar.«

»Sie kennen meinen Vater nicht, sonst würden Sie nicht so reden!«

»Es tut mir leid, dass ich Ihnen keine andere Erklärung geben kann. Finden Sie sich damit ab, dass es ein tragischer Unfall war. Möglicherweise ein Fahrfehler. Ihr Vater kann uns sicher bald genauere Auskunft geben. Wie ich höre, ist er aber noch nicht ansprechbar.«

»Ja, das stimmt leider. Warten wir also, bis mein Vater alles erklären kann.«

Anja legte den Hörer auf. Sie war sich sicher: Das war nicht einfach ein Unfall. Der Vater würde alles aufklären können.

Kilometerstein 55.

Ein Unfall bei Kilometerstein 55 auf einer wenig befahrenen Landesstraße, die in gutem Zustand ist.

Anja fiel ein, dass Kombinationen mit der Zahl 5 in ihrer Familie magische Bedeutung haben. Die Mutter hatte sich darüber oft lustig gemacht.

Aus der Geschichte kannte Anja die 7 als magische, heilige Zahl. In der Antike galt die 7 als heilige Zahl, weil sie sich nach Auffassung der Gelehrten aus den beiden »Lebenszahlen« 3 (Familie: Vater, Mutter, Kind) und 4 (Zahl der Himmelsrichtungen), aus denen der lebenserhaltende Regen kam, ergab.

Die alten Römer verehrten die sieben Weisen, und Rom wurde auf 7 Hügeln erbaut.

Bei den Juden und später Christen galt die 7 als heilige Zahl, weil Gott in 7 Tagen die Welt erschuf.

Es gibt die 7 Weltwunder der Antike.

Und bei den Katholiken die 7 Todsünden.

Wenn man verliebt ist, lebt man im 7. Himmel.

Und in den Märchen gibt es die Siebenmeilenstiefel, die 7 Schwaben, die 7 Zwerge hinter den 7 Bergen, bei denen Schneewittchen lebt, das tapfere Schneiderlein, das 7 (Fliegen) auf einen Streich tötet …

Und für ihre Familie gibt es die 5 als magische Zahl:

1950 wurde der Vater Klaus geboren.

1955 die Mutter Katharina.

1975 lernten sich die Eltern kennen, da war der Vater Klaus 25 Jahre alt, und die Mutter Katharina 20.

Und heirateten 5 Jahre später, 1980.

1980 mit 25 Jahren bekam Katharina ihre Tochter Anja.

2005 feierte man nach 25 Jahren die Silberhochzeit des Ehepaars Pagel. Da war Katharina 50, Klaus 55 und Anja 25.

Und das waren wieder 5 bedeutsame Daten.

Aber die 5 hatte ihnen nicht nur Glück gebracht.

Es war jetzt 5 Jahre her, als Klaus Pagel, der Vater, plötzlich und unerwartet arbeitslos wurde.

5 Jahre, in denen er viel Zeit gehabt hatte.

Sehr viel Zeit.

Zuviel Zeit.

Viel zu viel Zeit in einem Leben, in dem die Arbeit einen sehr hohen Stellenwert besaß und den eigentlichen Sinn ergab.

Wie musste der Vater sich gefühlt haben?!

Die ungewollte Arbeitslosigkeit, das ungewohnte Untätig-Sein-Müssen zwangen ihm ein großes Zeitvolumen auf. Dazu die ungeahnte Hilflosigkeit.

Zuerst, zu Beginn der Untätigkeit im Beruf, hatte er stark gehofft, schnell eine andere Arbeitsstelle zu finden. Aber der Bauboom der 90er Jahre war vorüber. Seine Fachkompetenz, seine vielen Jahre Berufserfahrungen, auch im Ausland, zählten nicht mehr. Unschätzbar wertvolle Berufserfahrung. Sein Wissen, eigentlich unbezahlbar wertvoll. Ein Schatz.

Das alles war auf einmal nichts mehr wert. Er war zu alt! Mit 50 viel zu alt.

Dennoch ließ er sich nicht so schnell entmutigen. Er wusste um den Wert seines Wissens und schrieb viele Bewerbungen.

Erst allmählich begriff er das eigentlich Unbegreifbare: Sein Vaterland, dem er nützlich sein wollte, brauchte ihn nicht mehr, wollte ihn einfach nicht mehr haben.

Er war überflüssig.

Nutzlos.

Ballast.

Man warf ihn auf den Kehricht der Arbeitswelt, denn er war zu nichts mehr zu gebrauchen. Von heute auf morgen mutete man wegen des Profits ihm und vielen, ja Millionen (!) arbeitsamer Menschen zu, sich ungewollt, alt, schäbig und total überflüssig zu fühlen.

Erst jetzt begann Anja zu spüren, welch bitterer Kloß ihren Vater gewürgt haben muss.

Wie wird ein Mensch wie der selbstbewusste, klar denkende Vater mit solch einer Situation fertig?

Wie bewältigt er sie?

Wie geht er mit einem völlig veränderten Leben um?

Es ist wahr, dass er in den letzten Jahren sehr still geworden war.

Vielleicht saß er oft, vor sich hin stierend, tatenlos einfach herum.

Vielleicht aber hatte er sich auch verstärkt seinen Interessen, der Ägyptologie und der Architektur, zugewendet?

Vielleicht hatte er begonnen, sein abenteuerliches Leben aufzuschreiben?

Anja wusste es nicht. Sie wusste eigentlich viel zu wenig vom Leben ihrer Eltern nach der Wende.

Von ihrer Mutter wusste sie, dass die Eltern »die Rollen« getauscht hatten, wie Katharina es scherzhaft und gut gelaunt, als wäre es kein Problem, bezeichnet hatte. Kurz: Der Vater spielte den Hausmann, und die Mutter verdiente den Lebensunterhalt für die Familie. Wo war das Problem?

Für Katharina gab es da kein Problem. Sie lebte so, wie es für sie gut war.

Aber, wie war der Vater damit zurechtgekommen?

Anja hatte ihn nie gefragt.

Und dann hatte der Vater sich ja auch bald in der ersten Zeit seiner Arbeitslosigkeit eine sinnvolle Tätigkeit gesucht und für sich entdeckt: Er hatte in zwei Jahren das ganze gute, alte Haus modernisiert. Und das vom Feinsten.

Zuerst hatte der Vater einen Plan gemacht, den er seinen Frauen lange erklärte und sich bewundern ließ. Er entwarf alle Umbaupläne für Bad, Küche und Wohnzimmer mit Kamin selbst, ging zur Baubehörde und ließ alles genehmigen, ging auch mit der Mutter zur Bank, um den Kredit zu bekommen, bestellte das Baumaterial.

Er war Fachmann.

Er konnte alles selbst.

Er war wieder wer.

Das war echte Arbeit, in die er sich voll Leidenschaft stürzte.

Die Mutter verdiente den Lebensunterhalt für alle drei, und er baute das Heim.

Damit konnte er zwei Jahre gut leben.

Das Leben hatte wieder einen Sinn.

Er war wieder ein vollwertiger Mensch und Mann.

Die Arbeit machte ihm Spaß und gelang so gut.

Seine beiden Frauen und die Freunde bewunderten ihn. Man gab wieder gemeinsame Essen, ging ins Konzert und ins Theater.

Die dunklen Wolken waren verflogen.

Die Welt war wieder in Ordnung.

Alles war gut und richtig.

Anja erinnerte sich gern an die gelungene Einweihungsfeier. Alle Freunde waren gekommen. Ein riesiges Büfett war aufgebaut worden. Vater hielt eine schwungvolle Rede und warf das geleerte Sektglas in den Kamin.

Katharina hatte ein aufregendes Kleid an und tanzte den ganzen Abend verliebt mit ihrem Klaus.

Aber was war danach?

Wie ging es dann weiter?

Sie wusste es nicht.

Wie hatte der Vater die Zeit gefüllt?

Immerhin drei Jahre. Das war eine lange Zeit. Hatte er, so, wie sie vermutete, seine Zeit mit Altertumsforschung und dem Schreiben eines Buches gestaltet?

Oder hatte er sie mit Nachdenken verbracht?

Oder wie?

Nie hatte sie danach gefragt.

Immer war sie viel zu beschäftigt gewesen mit eigenen Dingen.

## III. KAPITEL

Am Abend wurde der Hund Egon sehr unruhig. Anja streichelte ihn und ließ ihn in den Garten.

Als er nach kurzer Zeit zurückkam, wollte er sein Futter, das er sonst schnell fraß, nicht. Er roch daran, zog den Schwanz ein und legte sich auf sein Lager.

»Er wird doch nicht krank sein?«, fragte Anja besorgt.

»Vielleicht hat er heute bloß keinen Hunger«, sagte Dietrich.

Aber mit Egon stimmte etwas nicht. Er schlief auf seinem Lager unruhig und heulte leise. Es klang wie das Wimmern eines Kindes.

Anja sorgte sich um ihn und beschloss, am nächsten Tag mit ihm zum Tierarzt zu gehen. Sie streichelte den Hund jetzt und redete ihm gut zu. Und Egon schien sich ein wenig zu beruhigen.

In der Nacht schlief Anja unruhig, wälzte sich hin und her, fand keinen Schlaf. Erst gegen Morgen schlief sie endlich ein und träumte.

Die Mutter tanzte lachend auf dem Rasen im Garten. Sie hatte das wunderschöne Kleid an, das sie sich zur Silberhochzeit, die vor wenigen Monaten stattfand, hatte anfertigen lassen. Es war aus sektfarbener Seide und umspielte anmutig ihre schlanke Figur, mit großem Dekolleté und einem passenden großkrempigen Hut dazu. Sie sah bezaubernd aus, und sie wusste es, und sie genoss es. Die Mutter hatte sich stets geschmackvoll und chic gekleidet. Dieses Kleid aber war der absolute Höhepunkt. Und sie tanzte und tanzte und sang und jubelte, ohne zu ermüden.

»Mama«, rief Anja, »nicht so toll! Du wirst noch hinfallen.«

Aber die Mutter hörte sie nicht.

Sie tanzte und tanzte.

Anja streckte die Arme nach ihr aus und rief ihren Namen:

»Mama! Mama!«

Aber die Mutter tanzte und sang immer weiter, ohne sie zu sehen oder zu hören.

Sie tanzte die ganze Wiese entlang, die sich plötzlich öffnete und immer weiter und weiter wuchs. Und die Mutter tanzte immer weiter in die Ferne, bis sie nur noch ein Pünktchen am Horizont war. So, wie sie immer weit ins Meer hinausgeschwommen war, so tanzte sie jetzt weit von allen weg und wurde immer winziger.

Und dann war sie plötzlich verschwunden.

Ein Gewitter zog auf. Der Himmel verdunkelte sich.

Gewaltige Donnerschläge hallten.

Anja erwachte, weil Dietrich sie rüttelte.

»Das Telefon. Ein Anruf aus der Klinik.«

Anja war sofort hellwach. Mit kalten Händen nahm sie den Hörer:

»Ja, ich höre.«

»Frau Pagel, der Zustand Ihres Vaters hat sich dramatisch verschlechtert.«

»Soll ich kommen?«

»Das ist Ihre Entscheidung.«

»Ich komme sofort.«

Zitternd zogen sich die beiden jungen Leute an.

Keiner sagte ein Wort. Es gab nichts zu reden. Die Angst schnürte ihnen die Kehle zu.

»Kannst du denn Auto fahren bei deiner Aufregung?«, fragte sie ängstlich den Freund.

»Ja. Ich kann.«

Auf dem Weg zum Klinikum schwiegen beide weiter. Es gab nichts zu sagen. Jeder war gefangen in seinem eigenen Ich, seiner eigenen Angst, seiner eigenen Verzweiflung und Sorge. In den entscheidenden Momenten unseres Lebens sind wir alle mutterseelenallein und nur auf uns selbst gestellt. Gefangen in der eigenen Haut, der eigenen Einsamkeit, die Vertrautheit nicht zulässt. Man kann sich dem anderen nur nähern. Ihn ganz verstehen kann man nicht. Jeder ist in sich selbst gefangen. Aber es hilft uns sehr, Menschen an unserer Seite zu haben, die uns beistehen, einfach da sind. Das nimmt ein wenig den Mühlstein vom Hals.

Der Stationsarzt erwartete sie schon.

Er war sehr ernst und bat sie ins Ärztezimmer. Dort war es zu dieser sehr frühen Stunde völlig still wie im ganzen Krankenhaus. So still, dass selbst ihre leisen Schritte auf dem Korridor laut klangen und nachzuhallen schienen. Diese Stille und die mit kleiner Beleuchtung versehenen Korridore verstärkten das Unbehagen.

Der Stationsarzt sah, nachdem sie sich gesetzt hatten, die jungen Leute lange stumm an. Anjas Herz schlug bis zum Halse. Stand es so schlimm um den Vater? Wieso redete der Arzt nicht!

Endlich sagte er:

»Es ist gut, dass Sie beide gleich gekommen sind. Der Zustand Ihres Vaters hat sich ganz plötzlich dramatisch verschlechtert. Wir mussten intubieren. Herz- und Kreislaufversagen. Wir haben versucht, ihn wiederzubeleben …«

Schweigen.

»Aber er lebt doch?«

Leises Kopfschütteln.

Ein bedauernder Blick.

»Er ist vor wenigen Minuten gestorben.«

Anja schluchzte auf und ergriff, sich daran festkrallend, Dietrichs Arm. Starr vor Entsetzen hatte sie nur einen Gedanken:

»Ich will zu ihm. Allein.«

Der Stationsarzt nickte:

»Kommen Sie. Ich bringe Sie hin!

Als sie das Zimmer des Vaters betrat, fiel ihr zunächst die unheimliche Stille auf. Alle Geräte, die farbig geleuchtet und getickt hatten, waren verstummt. Die Fenstervorhänge geschlossen. Nichts regte sich in dieser absoluten Stille, die durch den ausgestreckt daliegenden Körper und die weißen Laken noch verstärkt wurde.

Stille.

Absolute Stille.

Totenstille.

Sie begriff erst zu diesem Zeitpunkt, was das war.

Stille. Totenstille.

Das absolute Nichts.

Kein Laut.

Der Tod ist still.

Er ist unheimlich still.

Sie stand neben dem Bett des Vaters und sah lange in sein sehr bleiches Gesicht. Die Verbände waren nun entfernt, bis auf einen kleinen, so dass sein widerborstiges Grauhaar auf dem weißen Kissen lag. Die Augen fest verschlossen, mit Wachs verschlossen, sahen aus, als würde eine müde Träne noch aus ihnen rinnen wollen. Der Mund halb offen, das Kinn energisch.

Sie beugte sich zu ihres Vaters Gesicht und küsste seine noch warme Stirn und die für immer geschlossenen Augen.

Aufschluchzend weinte sie laut und heulend wie ein todwundes Tier. Endlos ergoss sich der Strom ihrer Tränen auf Gesicht, Brust und Hände des toten Vaters.

Der Tränenstrom wollte nicht versiegen.

Laut schluchzend und heulend, war sie nicht in der Lage, auch nur einen Gedanken zu fassen. Das Unfassbare hat keinen Gedanken und kein Wort.

Es ist nur unendliches Wehklagen.

Wehklagen, das unheimlich die Stille durchbrach.

Wehklagen von großer Eindringlichkeit.

Furchterregend.

Herzzerreißend.

Dann wieder Stille. Große Stille.

Plötzlich packte Anja eine ihr unerklärliche Wut auf den Toten. Wie konnte er einfach weggehen! Sie allein lassen! Sie im Stich lassen! Er war einfach abgehauen! Er hatte sie in diesem schweren Leben verwaist zurückgelassen.

Sie schimpfte heulend los:

»Du bist so gemein! Lässt mich einfach im Stich! Ich hasse dich! Einfach abzuhauen. Sich zu verdrücken. Du gemeiner Kerl! Hast dich aus dem Staub gemacht! Und dabei hast du immer gesagt, dass du mich nie allein lassen würdest. Wie konntest du mir das nur antun!«

Nach diesem Wutausbruch kam die ganze Verzweiflung über sie: »Wie soll ich denn ohne dich leben?! Ich kann nicht ohne dich sein! Wie kannst du mich so einfach verlassen?! Vater, komm zurück! Bleib bei mir! Verlass mich nicht!«

Sie weinte hemmungslos und lange.

Dann wurde sie auf einmal still. So still wie das ganze Zimmer und der Vater.

Sie setzte sich neben ihn und berührte seine Brust, die allmählich zu erkalten begann. Sie legte ihre beiden warmen Hände auf seine Brust, als könnte sie ihn so ins Leben zurückrufen. Sie glaubte plötzlich deutlich zu spüren, dass ein wenig Wärme in den Körper des Vaters zurückkehren würde:

»Papa. Sag doch noch etwas! Sieh mich doch bitte noch einmal an! Nur ein einziges Mal!«

Sie packte ihn an beiden Schultern und versuchte, ihn zu rütteln: »Papa! Schau mich an! Nur noch ein einziges Mal! Es ist doch nicht möglich, dass du tot bist. Es ist nicht möglich! Nein! Nein!«

So verzweifelt schluchzend, hatte sie auf einmal das Gefühl, ihren Vater um sich zu spüren, so, als wäre er noch nicht von ihr gegangen. Die Luft bewegte sich. Wie ein Hauch. Tröstend. Er war da. Sie ergriff ganz fest seine Hände und spürte, dass er da war. Er war noch im Zimmer.

Sein Schatten, sein KA, war um sie und tröstete sie.

Er war da.

Er war gar nicht weg.

Etwas von ihm war da. Würde immer da sein. Denn Liebe ist stärker als der Tod. Der Tod konnte seinen Körper nehmen, aber nicht seinen Geist. Auf einmal wusste sie, dass der Vater da sein würde, solange sie lebte. Niemand und nichts konnten ihn ihr wegnehmen.

Sie sah wieder in sein stilles Gesicht, das auf einmal voller Frieden war. Sie hatte den Eindruck, dass es so etwas wie Genugtuung ausdrückte, und große Zufriedenheit und Stille.

Sein Gesicht war von unsagbarer Schönheit und großer Würde. Streng und schön.

Das war sein wirkliches Gesicht.

Sein letztes Gesicht.

Wunderschön!

Und Stille war da, die nicht mehr bedrückend war. Wohltuende Stille. Frieden.

Sein Lebenskreis hatte sich vollendet.

Es gab nichts mehr zu sagen.

Alles war gesagt.

Alles war getan.

Der Tod, der Unerbittliche, hatte das letzte Wort.

Nun konnte der Vater in Frieden ruhen. Sie hatten Abschied voneinander genommen. Kein Abschied für immer. Nur ein Abschied auf Zeit.

Eine Krankenschwester öffnete behutsam und leise die Tür:

»Bitte, könnten Sie jetzt Abschied nehmen.«

Anja nickte.

Die Uhr über der Tür zeigte ihr, dass sie mehr als vier Stunden bei ihrem toten Vater gesessen hatte. Es wurde Zeit.

Sie erhob sich und merkte erst jetzt, dass sie ganz verkrampft vom langen Sitzen war. Aber das war sehr unwichtig. Wichtig war, dass sie in das bleiche Gesicht ihres Vaters sehend den Eindruck hatte, nun stehend und sich langsam entfernend, dass dieses letzte Gesicht das schönste und friedlichste war, das sie je gesehen hatte.

»Leb wohl! Ich werde immer an dich denken, denn du bist immer da. Jeden Tag.«

Ihr war, schon an der Tür stehend, als würde ein Lächeln über sein Gesicht huschen.

Vor der Tür warteten Dietrich und der Stationsarzt auf sie. Beide hatten besorgte Gesichter. Anja wandte sich an Dietrich:

»Möchtest du …?«

Er schüttelte heftig den Kopf:

»Ich möchte ihn so in Erinnerung behalten, wie er im Leben war.«

Anja nickte:

»Ich verstehe dich. Das muss jeder für sich entscheiden. Lass uns nun gehen. Und Ihnen, Herr Doktor, danke ich für alles, was Sie für meinen Vater getan haben.«

Der Stationsarzt nickte:

»Schon gut. Aber vergessen Sie bitte die Sachen Ihres Vaters nicht.«

Da erst fiel Anja ein, dass sie die von den Schwestern gepackten Sachen im Zimmer des Vaters hatte liegen lassen. Sie drehte sich um und ging in das Zimmer zurück, ergriff das Bündel und sah noch einmal scheu zum Totenbett hin. Das, was sie nun sah, war nicht mehr ihr Vater. Das Gesicht hatte sich in den wenigen Minuten völlig verändert. Es war leer. Eine Hülle. Nichts sonst. Sein Geist, sein KA, hatte den Körper verlassen. Ihr Vater war nicht mehr im Raum.

Der Stationsarzt sah den beiden jungen Leuten nach und dachte:

»Die junge Frau ist unglaublich stark. Sie weiß es nur noch nicht. Sie ahnt nicht, wie sehr sie diese Stärke noch nötig haben wird.«

Noch am Abend bekam Anja Fieber.

Frau Kasten nahm sie zu sich, da Dietrich am darauffolgenden Tag wieder arbeiten musste. Sein Arbeitsplatz als Servicechef in einer Computerfirma konnte nicht länger unbesetzt sein. Er musste unbedingt an seinen Arbeitsplatz zurück.

Zum Glück kümmerte sich Frau Kasten um Anja. Die Hausärztin und beste Freundin der Mutter, Frau Dr. Anita Wirth, die Anja schon aus Kindertagen kannte, hatte Bettruhe verordnet. Sie konnte nach eingehender Untersuchung keine physische Krankheit feststellen. Es war die tiefe Trauer um ihre Eltern, die Anja aus der Bahn warf. Hier waren Ruhe und Geduld angesagt. Die Trauerarbeit muss jeder selbst leisten. Und jeder reagiert auf seine Weise: Der eine will sich die Last von der Seele reden, der andere macht stumm weinend alles mit sich selbst ab und braucht nur ebenso Stille und menschliche Nähe und Wärme. Anja gehörte zu den Stillen.

An ihrem Bett sitzend, nahm die Ärztin behutsam Anjas Hand und streichelte sie sanft. Sie saß an ihrem Bett, wie sonst die Mutter gesessen hätte. Die trostreiche Mutter, die so unerreichbar geworden war und die sie, obwohl Anja es nicht wahrhaben wollte, so sehr vermisste. Und nun war ihr auch noch der sie so sehr liebende Vater genommen worden. Es würde schwer für Anja werden, weiter zu leben und ihren Weg zu finden. Anja ansehend und beruhigend auf sie einredend, dachte die Ärztin:

So banal es klingen mag, liebe Anja, die Zeit wird auch deine Wunden heilen, auch wenn du das jetzt für unmöglich hältst. Die Zeit, die still vergehende, ist die eigentliche Heilerin. Nicht wir, die Ärzte. Wir assistieren bestenfalls. Aber, auch das musst du wissen: Es bleiben die Narben, die auf die Wunde verweisen. Die Narben bleiben für immer. Und oft schmerzen sie. Und manchmal auch sehr. Das ist unvermeidbar. Damit wirst du zu leben lernen.«

Frau Kasten, klug und feinsinnig, war da. Sie saß ruhig am Fenster und beschäftigte sich mit einer Näharbeit. Der Hund Egon spürte die große Traurigkeit, die im Zimmer war. Er heulte auf und legte sich dann zu Anja, die ihn streichelte und bemerkte, wie sie ruhiger wurde. Eine von Frau Kastens Wildkatzen kam vorsichtig zu Anja, prüfte erst die Lage und entschloss sich dann, sich am Fußende zusammenzurollen und zu schnurren. Die Nähe, Ruhe und Wärme der Tiere taten Anja gut. Schließlich schlief sie ein.

Sie träumte.

Die Ostsee war da, sie hörte das vertraute Rauschen des Meeres, sah die schimmernde Weite, und es war ein wunderbar warmer Tag. Ihre Mutter, lachend, ganz jung, ganz fröhlich, sprang in die Wellen und begann, weit hinauszuschwimmen, wie sie es immer geliebt hatte. Sie winkte ihnen, schon weit vom Ufer entfernt, fröhlich zu und rief etwas, was sie aber wegen des Geräusches der Wellen nicht verstehen konnten. Und die Mutter schwamm immer weiter und weiter. Der Vater und sie selbst, am Ufer stehend, mahnten die Mutter wild gestikulierend zur Rückkehr. Der Vater war immer sehr besorgt um seine Frau, die stets zu viel riskieren wollte. Er konnte Zeit seines Lebens nicht verstehen, wie man sich mutwillig in eine solche Gefahr bringen konnte.

Der Vater wusste, fühlte es instinktiv: Katharina – das war seine Achillesferse.

Hier war er verletzlich.

Hier war er tödlich verwundbar.

Katharina durfte nichts geschehen. Sie war ein Teil seines Selbst, seines Ichs. Ein Stück von ihm. Untrennbar mit ihm verbunden. Die biblische Geschichte von Adam, aus dessen einem Körperteil, seiner Rippe, Eva von Gott erschaffen worden sei, hatte ihm immer, auf Katharina bezogen, eingeleuchtet. Sie war ein Teil von ihm. Und der bessere, so fand er. Rippe hin oder her. Eva/Katharina – das war auch er selbst. Deshalb musste er sie behüten und bewahren, für sie sorgen und Unheil von ihr fern halten. Gefahren abwenden. Wenn er sie verlieren würde, verlöre er sich selbst.

Eva/Katharina – nein, nicht nur. Auch Melusine, dachte der Vater. Sie ist eine melusinenhafte Frau, die immer gefällt. Die allen Menschen, denen sie gefallen will, gefällt. Die sich selbst gefällt.

Und das Wasser ist ihr eigentliches Element. Sie schwimmt wie ein Fisch und fühlt sich dem Meer verbunden als dem Element, aus dem sie kam.

Geheimnisvolle Meerjungfrau Melusine.

Sagenumwobene Wassernixe.

Sagenhafte, unergründliche Nixe.

Elementargeisterhaft bist du. Geheimnisvoll. Meerestief.

Begabt zum Verführen.

Du liebst die ständige Bewegung der Wellen. Bewegung. Tatendrang. Ich-Stärke. Lebenslust.

Dies alles ist dir zu eigen.

Dies alles bist du.

Welcher Mann ist dir gewachsen?

Welcher Mann? Dein Mann! Dein Mann, der dich behütet und vor Unheil bewahrt.

Und die Mutter, Katharina, hatte stets gutmütig ein wenig über ihn gespottet. Sie hielt seine Sorge um sie für übertrieben und manchmal auch ein wenig lästig. Katharina liebte die Gefahr und fühlte sich erst so richtig wohl, wenn es auch ein bisschen gefährlich war. Immer behauptete sie, dass sie, eine gute Schwimmerin, ein Bündnis mit Poseidon geschlossen hätte. Er sei ihr gut, und es könne ihr nichts passieren.

Poseidon, der Herr der Meere, der griechische Gott, Bruder des Göttervaters Zeus und des Herrn der Unterwelt, Hades, der sich nach dem Glauben der Antike mit seinen Brüdern die Herrschaft über die Welt teilt. Ein mächtiger Gott, mit dem man sich gut stellen musste. Mit seinem Dreizack konnte er Erdbeben und gewaltige Stürme auslösen. Er wohnte in großer Meerestiefe, erschien, sehr eitel, immer mit großem Gefolge und verzieh keine Missachtung seiner heiligen Person und seines Willens. Dies hatte, wie alle wissen, besonders auch Odysseus, Held im Trojanischen Krieg, zu spüren bekommen. Odysseus, der Listenreiche, blendete, um sich und seine Kameraden zu retten, den Sohn des Poseidon, den Riesen Polyphem, und verspottete ihn, so dass der Zorn des Poseidon den Odysseus zehn Jahre lang über die Weltmeere trieb und ihn so an der Heimkehr zu seiner geliebten Frau Penelope und seinem Sohn Telemachos hinderte. Ein hartes Los traf die, die die Götter missachten. Aber das tat Katharina ja nie. Sie hatte Respekt vor der Gewalt des Meeres und achtete deren Herrn, den Gott Poseidon.

Katharina, mit Poseidon verbündet, entstieg immer wieder den Fluten. Das Meer gab sie unversehrt zurück. Voller Freude lief sie dann auf den Vater und Anja zu. Selig und zufrieden mit sich und der Welt. Sie hatte immer den Eindruck, dass sie, weit im Meer schwimmend, ein wenig von der Unendlichkeit, der riesigen Weite, der Tiefe des Meeres, in sich aufnehmen und behalten könnte. Dies bedeutete ihr sehr viel. Es machte sie glücklich. Der Gedanke, ich bin ein Teil der Unendlichkeit, erschauerte sie zugleich und durchdrang sie ganz. Aber sie sprach nie mit einem anderen Menschen darüber. Nicht einmal mit ihrem so sehr geliebten Mann. Es war ihr Geheimnis. Und der Vater, seine Katharina so ausgelassen und lebensfroh sehend, lachte glücklich mit, umarmte sie und trocknete seine Frau ab, wie er es stets getan hatte.

Ein wunderbarer Traum.

Ach, könnte es doch einmal noch so sein. Anja spürte, wie ihr Gesicht tränennass war. Aber die Tränen taten ihr gut. Sie erleichterten das Herz.

Frau Kasten telefonierte mit dem vom Vater bestimmten Bestattungsunternehmen. Sie würden sofort kommen. Frau Kasten verbat sich streng Trauermiene und schwarze Kleidung. Sie forderte:

»Schicken Sie möglichst eine Frau! Sachlich gekleidet, die sich auch und nur sachlich artikulieren kann.«

Man versprach es. Und wirklich erschien eine perfekt in Flaschengrün gekleidete junge Frau, die Anja aus der Schulzeit kannte und die nun, wie man erfuhr, das Bestattungsunternehmen ihres Vaters weiterführte.

Sie umarmte Anja still und drückte sie fest an sich.

Dann sagte sie:

»Es tut mir so leid. Ich werde für dich tun, was ich kann. Am besten, du unterschreibst mir eine Vollmacht, damit ich handlungsfähig werde.«

Anja nickte und unterschrieb. Sie vertraute der jungen Frau.

Frau Kasten prüfte erst das Schreiben, ehe sie es der jungen Frau übergab. Es war alles in Ordnung.

Sie sprachen verhalten über die Beisetzungsmodalitäten wie Termin, Trauerkarten, Zeitungsinserate, Kondolenzliste u.a. Anja spürte, wie sehr ihr Herz schmerzhaft klopfte und gegen die Rippen schlug wie ein schwerer Hammer, aber sie hielt durch. Da die Eltern alles mit Frau Kasten vereinbart hatten, konnte sie antworten und Anja diese Last von den Schultern nehmen.

Frau Kasten wählte auch die beiden Urnen aus: Für beide aus Terrakotta mit Natursymbolen, das Symbol für die Mutter war eine stilisierte Blume, das für den Vater ein Baum in der Farbe Umbra.

Als Redner hatte sich der beste Freund des Vaters angeboten. Anja hatte sofort akzeptiert, denn sie wusste, dass kein besserer Rhetoriker denkbar war. Er kannte die Eltern lange. Und er hatte viel Verstand, so viel, dass er auf keinen Fall peinlichen Unsinn schwätzen würde. Er würde eine Rede halten, die keiner der Anwesenden je vergessen könnte.

Das Blumenarrangement sollte nur aus natürlichen Blumen der Jahreszeit bestehen. Keine künstlichen Blumen, keine weißen Schleifen mit abgenutzten Sprüchen. Alles Natur und echt. Sie hatten beide die Natur geliebt und in ihr gelebt, und so sollte auch der letzte Gruß sein.

Als Musik hatten die Eltern Händels »Wassermusik« gewählt. Anja wusste plötzlich, warum. Sie hatten zur Silberhochzeit nach der offiziellen Feier eine Reise nach London unternommen. Die Mutter hatte davon geschwärmt, auf der Themse zu fahren und sich Händels Musik vorzustellen, hatte Schiffe gesehen, die sanft dahinglitten und sich selbst auf einer uralten Barke, die zu Zeiten Heinrichs VIII. in Mode waren, fahren gesehen. Nicht Venedig und Gondeln waren ihr Traum. Es sollte London sein und eine Fahrt auf der Themse. Tatsächlich hatten sie so eine Fahrt unternommen und schwärmten beide nach ihrer Rückkehr davon. Es war, das wusste Anja jetzt, die letzte Reise ihres Lebens. Aber das hatten sie damals zum Glück nicht wissen können.

Zwei Tage vor der Beisetzung war Anja das erste Mal ganz allein im Haus.

Im Elternhaus, in dem es keine Eltern mehr gab.

Nur noch ein Haus.

Ein stilles Haus.

Ein leeres Haus.

Sie fühlte sich so leer wie das Haus.

Ruhelos lief sie von der Küche im Erdgeschoss ins sehr große Wohnzimmer, in dem der Vater die breite Front zur Terrasse und zum Garten durch riesige Terrassenfenster, Panoramafenster, erhellt hatte. Diese Fenster gewährten einen Blick in den gepflegten Garten mit seltenen Pflanzen, Bäumen und Sträuchern, einen Garten, in dem zu jeder Jahreszeit etwas blühte. Sie sah die beiden prächtigen Catalpa oder auch Trompetenbäume, Schattenbäume, die vor der Terrasse so gepflanzt worden waren, dass ihr Schatten auf die Terrasse fiel und Sonnenschirme überflüssig machte. Kunstvoll hatte der Vater sie gepflanzt: einen für seine Katharina, einen für sich selbst. Um die Wette waren sie gewachsen und Jahr um Jahr größer und prächtiger geworden. »So wie unsere Liebe«, pflegte der Vater zu sagen.

Und zentral, als Mittelpunkt des Gartens und ihres Lebens, wuchs der Baum für die Tochter, den der Vater gleich nach ihrer Geburt gepflanzt hatte: ein Ginkgobaum, der sehr langsam wuchs, ein Lebensbaum, an dessen magische Kraft schon Goethe glaubte. An jedem Geburtstag wurden der Baum und Anja nebeneinander gestellt und vermessen. Zuerst war der Baum größer, aber dann, zu des Kindes überschäumender Freude, war sie Zentimeter um Zentimeter rascher gewachsen. Und die Mutter stellte fröhlich fest:

»Prachtvoll gewachsen und gesund seid ihr beide!«

Und damit war der Frieden wiederhergestellt. Baum und Kind waren zufrieden, und man konnte mit der Geburtstagsfeier beginnen. Im Garten wurde gefeiert. Immer im Garten, denn meist ließ es das Sommerwetter zu. Lichterketten überall. Bunte Luftballons. Frohes Kinderlachen. Freude, immer wieder nur Freude.

Anja merkte, wie ein Lächeln ihr Gesicht erreicht hatte. Sie spürte, dass der Garten ihr Kräfte zuwachsen ließ, die sie jetzt brauchte. Sie streichelte den Hund und setzte sich in einen der bereitstehenden Sessel mit Lehne, wobei sie weiter in den Garten sah:

Sie bestaunte die prächtigen Sträucher, wie die beiden in unterschiedlichen Farben leuchtenden Perückensträucher, Seidelbast, Goldregen, Schneeball und Blauregen – und die vielen in allen Farben blühenden Blumen. Farbenfroh wie das Leben sein sollte, so erstrahlte der Garten. Ihr Garten. Nun nur noch *ihr* Garten.

Eine Pracht.

Eine Oase.

Ein Naturwunder.

Eine heile Welt.

Und doch – wie traurig. Nur noch ihr Garten!

Schließlich lehnte sich Anja, vom langem Betrachten ein wenig müde, in dem großen Sessel, der immer der Lieblingsplatz des Vaters gewesen war, zurück. Der Hund Egon, immer noch sehr verunsichert, schmiegte sich eng an ihre Knie. Sie streichelte und beruhigte ihn. Sicherlich hatte er, ein Tierheimhund, wieder Angst, im Stich gelassen zu werden. Anja sprach beruhigend auf ihn ein, bis er sich zu ihren Füßen niederließ.

So saßen sie den ganzen Tag.

Der Hund schlief, und Anja starrte in den Garten. Leere im Gehirn und Leere im Herzen. Trost suchend.

Sie war einfach nicht in der Lage, irgendetwas zu denken oder zu tun. Es tat ihr gut, nur einfach so dazusitzen und ein paar Erinnerungsbilder vorbeihuschen zu lassen. Es dämmerte bereits, als der Hund Egon unruhig wurde. Er hatte Hunger, und er wollte seine Abendrunde durch den großen Garten tun. Seufzend erhob sich Anja:

»Du hast ja Recht, Egon. Essen wir also etwas.«

Freudig wedelnd folgte ihr der Hund in die Küche.

Anja aß nur wenig, trank ein Glas Tee. Alles schmeckte nach Pappe.

Egon fraß zügig und sauste dann in den Garten. Die Lebensenergie Egons färbte auf Anja ab:

»Gut«, sagte sie, »laufen wir ein Stück in den Wald. Dann kannst du dich austoben.«

Egon war begeistert. Und Anja spürte, dass ihr die Bewegung in frischer Luft guttat.

Nachts konnte Anja nicht schlafen. Sie stand wieder auf, zog sich den Morgenmantel über und setzte sich ins Wohnzimmer. Der Hund Egon folgte ihr wie ein Schatten. Er vermisste seine Familie und hatte nun Angst, ganz allein zurückzubleiben. Deshalb winselte er oft leise. Anja tröstete ihn dann und duldete ihn ständig um sich. Es tat ihr sogar gut, ein lebendes Wesen, das sie liebte, ständig um sich zu haben.

Aber im Wohnzimmer hielt es Anja nicht lange aus. Sie ging in die Küche, trank ein Glas Wasser, ging ins Wohnzimmer zurück, dann durch das Haus. Eine innere Unruhe hatte sie erfasst. Sie stieg die Treppe zum Obergeschoss hinauf. Links war ihr Zimmer. Die Tür stand offen. Sie schaltete das Licht ein, ging aber nicht ins Zimmer. Neben ihrem Zimmer war das der Mutter. Fest verschlossen. Dort würde sie so bald nicht wieder hineingehen. Sie empfand einen heftigen Widerwillen gegen dieses gepackte Zimmer mit den hohläugigen Möbeln und verschnürten Kartons. Auf der rechten Seite das Schlafzimmer der Eltern. Seit immer schon ein Taburaum für sie. Verschlossen. Daneben das Zimmer des Vaters.

Schließlich fand sie sich vor dem Zimmer des Vaters wieder. Mit klopfendem Herzen blieb sie stehen. Ja, das war der Raum, in den es sie jetzt mit magischen Kräften zog. Sacht öffnete sie die Tür, inhalierte den vertrauten Zigarrengeruch, der noch im Raum war, und schaltete das Licht ein, das den Schreibtisch und den Arbeitstisch erhellte. Hier hatte der Vater oft gesessen.

Auf dem Arbeitstisch lagen einige Bauzeichnungen herum, an denen der Vater wohl zuletzt gearbeitet hatte. Er hatte in den letzten Monaten Häuser für marode Innenstädte entworfen. Das hatte ihr Frau

Kasten erzählt. Modernisierungs- und Sanierungsvorschläge. Sehr schön und anmutig ins Stadtbild passend und preiswert. Leider hatte der Vater niemanden gefunden, den das interessiert hätte. Die allgemeine Gleichgültigkeit von Beamten hatte verhindert, dass es jemand, den es von Berufs wegen hätte interessieren sollen, auch nur zur Kenntnis nahm.

In den letzten fünf Jahren war das dem Vater oft passiert.

Sehr oft?

Vielleicht zu oft?

Wie war es dem Vater in diesen Jahren wirklich ergangen?

Anja ertappte sich bei diesen Gedanken und war beschämt, dass sie sich erst jetzt überhaupt darüber ernsthaft Gedanken machte.

Schließlich stand sie am Schreibtisch des Vaters, über dem das ihr vertraute Bild von Vincent van Gogh, DIE ZYPRESSEN, hing. Seit Jahren hing eine Reproduktion des von van Gogh 1889 gemalten Bildes dort. Dieses Bild hatte der Vater sehr geliebt. Anja konnte sich erinnern, dass er einmal zu ihr gesagt hatte:

»Weißt du, das Bild gefällt mir so, weil es so ungewöhnlich viel Bewegung und Kraft ausstrahlt. Es ist so voller Leben. Vielleicht auch deshalb, weil es van Gogh kurz nach seinem Aufenthalt in der Heilanstalt von Saint-Remy gemalt hat. Die Landschaft der Provence, die er so liebte, hat er wohl in keinem seiner Bilder so bewegend und bewegt gemalt. Es war vielleicht auch so eine Art von Selbstbefreiung, von Rückkehr ins Leben. Jedenfalls empfinde ich es so. Für mich sieht diese Landschaft aus wie ein wogendes Meer von Farben und Formen. Und am gewaltigsten, hoch aufragend, die in vielen dunklen Grüntönen, fast schwarz, gemalten riesigen, das Bild fast sprengenden Zypressen. Sie erinnern mich in ihrer Größe, Kraft und Schönheit an ägyptische Obelisken, die ich gesehen habe. Zypressen waren ja in antiker Zeit mit dem Totenkult verbunden, wahrscheinlich wohl deshalb, weil aus ihren Wurzelschößlingen keine neuen Pflanzen hervorgehen konnten. Und siehst du, bei van Gogh beherrschen sie das ganze Bild. Und sie flößen vielleicht auch ein wenig Furcht ein in ihrer Größe und Mächtigkeit. Stark, dunkel und geheimnisvoll wie der Tod, dem van Gogh schon sehr nahe war. Aber wenn ich das Bild ansehe, gibt es mir etwas ab von seiner Lebensfülle. Darum liebe ich es so. Verstehst du?«

Oh, ja. Sie verstand es damals und auch heute. Dies nachempfindend und zustimmend nickend, setzte sich Anja nun an den Schreibtisch des Vaters. Sie fand ihn wie immer gut aufgeräumt vor. Notizen, Stifte, Lineal, ein Buch, in dem er gelesen hatte

Anja hielt den dünnen Gedichtsband, in dem der Vater zuletzt gelesen hatte, in den Händen. Sie nahm ihn an ihr Gesicht, versuchte, den Geruch des Vaters zu finden. Strich sanft mit den Händen über den Ledereinband des Buches. Etwas wie Vertrautheit stellte sich ein.

Aber sie wunderte sich ein wenig, dass der Vater Gedichte las. Das hatte er sonst nicht getan. Er las Sachbücher. Vorwiegend Fachbücher. Und Bücher über die ägyptische und griechische Antike. Auch Dokumentationen. Aber Gedichte? Und dann auf einmal Goethes Spätwerk MARIENBADER ELEGIE?

Merkwürdig war das schon.

Sie schlug, neugierig geworden, das Buch auf und fand darin einen Text von des Vaters Hand. Noch neugieriger geworden, begann sie zu lesen:

»Unsere schnelllebige Zeit duldet nichts von Dauer. Sie will ständigen Wechsel. Nichts hat Bestand. Alles erweist sich als nicht tauglich für lange. Auch die Liebe. Wann nimmt man Abschied von der Liebe? Ich habe mir angewöhnt, bei den alten Meistern nachzufragen. Und so bin ich auch auf Goethe gekommen. Auf Goethe und dessen Abschied von der Liebe. Kann mir das helfen?

Goethe war 1823 wieder einmal zur Kur. In Marienbad. Dort lernte er, der 74-jährige, die 19-jährige Ulrike von Levetzow kennen und verliebte sich unsterblich in sie. Er wollte sie heiraten! Und, obwohl der Herzog von Weimar, der sein Freund war, für ihn warb, hielt man den großen Dichterfürsten hin. Absagen wollte man dem Genius, dem bedeutenden Staatsmann und Gelehrten, nicht, und zusagen wollte und konnte man auch nicht. Es war einfach unmöglich!

Goethe, dies spürend, war tief enttäuscht, war bis ins Mark getroffen. Verletzt. Wohl auch in seiner Eitelkeit.

Er reiste ab. Auf der Rückreise von Marienbad nach Weimar, über holperige Straßen in einer schaukelnden Kutsche hin- und hergeworfen, begann Goethe, seine wunderbare Elegie zu schreiben. Seinen Abschied, seinen Schmerz. Er wusste, dies war ein Wendepunkt in seinem Leben.«

Anja las einen besonders markierten Vers:

*»Mir ist das All, ich bin mir selbst verloren,*
*Der ich noch erst den Göttern Liebling war;*
*Sie prüften mich, verliehen mir Pandoren,*
*So reich an Gütern, reicher an Gefahr;*
*Sie drängten mich zum gabeseligen Munde,*
*Sie trennen mich, und richten mich zugrunde.«*

Warum hatte der Vater gerade diese Verse ausgewählt?

War es die Trauer um seine verlorene Liebe?

Liebte Katharina ihn denn nicht mehr?

Wieso las der Vater solche Poesie? Warum kämpfte er nicht um seine Liebe?

Sie verstand ihn auf einmal nur schwer. Diese Seite seines Wesens war ihr völlig fremd.

Dennoch las sie weiter:

»Als Goethe wieder zu Hause in Weimar ankam, erntete er Hohn und Spott wegen seiner Heiratspläne. Sein Sohn August verachtete ihn, seine Schwiegertochter Ottilie hasste ihn sogar. Und die Weimarer Hofgesellschaft hatte endlich wieder Klatsch und Tratsch nach ihrem Geschmack.

Goethe aber war voller Tatendrang und arbeitete an seiner neuesten Dichtung. Der Euphorie folgte der Zusammenbruch. Er wurde sehr krank und erlebte nun selbst wie einst seine Frau Christiane, die er in ihrem Kranksein allein gelassen hatte, wie es ist, hilflos zu sein. Aber er, der Liebling der Götter, ist nicht lange allein: Zu Goethe kommt jemand, und er muss auch nicht verlassen sterben. Er hatte mehr Glück als seine Frau Christiane, die mutterseelenallein voll grauenvoller Schmerzen starb und einsam zu Grabe getragen wurde. Goethe hat seinen Freund. Seinen treuen, vertrauten Duz-Freund Zelter, mit dem er ein Leben lang verbunden war. Dieser Freund kommt aus Berlin und hilft ihm, zu genesen, indem er ihm immer wieder seine elegischen Verse vorliest.

Goethe, der alternde Liebling der Götter, muss die Wende in seinem Leben hinnehmen: den Abschied von seinem Mannsein, den Verzicht auf Liebeserfüllung und unstillbares, leidenschaftliches Verlangen. Er muss erkennen, dass er ein alter Mann ist und die Naturgesetze auch für ihn gelten.

Aber dieser Verzicht auf Liebeserfüllung, dieser Abschied von der Liebe, diese tiefe Traurigkeit des Alt-Werdens und Gehen-Müssens wird zu einer großen Dichtung, einer Klage von erschütternder Erhabenheit, einer Elegie von großer Schönheit.«

Der Vater hatte einen Vers, den Goethe seinem Tasso vor vielen Jahren zuordnete, ohne zu wissen, welche Bedeutung er für den alternden Goethe haben sollte, ganz dick angestrichen:

*»Und wenn der Mensch in seiner Qual verstummt,*
*Gab mir ein Gott, zu sagen, was ich leide.«*

»und ihm, Goethe, gab ein Gott die Fähigkeit und Kraft, sein Leiden in unsterbliche Verse zu formen, es durchleidend, endlich zu überwinden.

Aber wie soll *ich*, Klaus Pagel, weiterleben?

Goethe«, so schrieb der Vater, »hat es gut. Er flieht immer, wenn es schlimm für ihn wird, in seine Dichtung oder nach Italien.

Wohin kann *ich?*«

Und mit wem hätte der Vater sprechen können?

Wem sich anvertrauen?

Für die Freunde war doch alles in Ordnung, jedenfalls schien es Anja so.

Wer wusste von den Problemen?

Außerdem sah man sich nicht mehr so oft wie im »alten« Leben. Jeder lebte mehr für sich. Jeder hatte mit sich selbst zu tun. Das Leben war schwierig geworden. Das »neue« Leben forderte alle Kraft. Schließlich wollte man erfolgreich sein, und da setzt man alle Kraft und Zeit ein.

Verständlich.

Was aber wurde aus denen, die das »neue« Leben nicht forderte, nicht brauchte?

Was wurde aus Menschen, die wie der große Zampano zu Loosern degradiert wurden – ohne eigenes Verschulden? Was blieb ihnen?

Die Liebe. Sie war der letzte Halt. Verlor man die Liebe, war man verloren. Ganz und gar verloren. Wer jetzt verdammt war zu einem Leben ohne Liebe, dessen Lebensmut erlosch in der Kälte der Alltäglichkeit eines begrenzten Daseins. Liebe war Wärme und Daseinsfreude, war Selbstbestätigung und ein Mutmacher, war Sinn von Leben. Lieben und geliebt werden sind die Motoren unseres Lebens. Fehlen sie, so fehlt der Mut zum Weiterleben.

Was taten diese am Rand Lebenden dann?

Sprangen sie dann von Hochhäusern?

Suchten sie im Alkohol Trost?

Öffneten sie sich die Pulsadern?

Erschossen sie ihre Familie und dann sich selbst?

Fuhren sie gegen Brückenpfeiler?

Verkrochen sie sich in Wohnhöhlen?

Oder was?

Man empfahl ihnen ja oft psychologische Beratung!

Aber das waren doch Krücken!

Für die Generation des Vaters völlig untauglich. Sie hatte nicht gelernt, mit Krücken zu leben. Sie wollte allein gehen – oder gar nicht.

Welch ein Verhängnis! Ins tiefe, kalte Wasser geworfen zu werden, ohne schwimmen zu können!

Erschrocken über diese Gedanken und verwirrt faltete Anja das Geschriebene wieder und legte es behutsam in das Buch zurück, bevor sie es schloss.

Sie war verwirrt und traurig und hatte auf einmal das Gefühl, sehr wenig über ihre Eltern zu wissen.

Traurig war das. Sehr traurig. Warum hatten sie ihr nicht vertraut?

Warum hatten sie alle drei so gar nicht über Probleme gesprochen? Warum hatten sie nur die heile Welt sehen wollen?

Wer gibt die Antwort?

Ihr Blick fiel auf ein Farbfoto, das hinten auf dem Schreibtisch stand. Es stammte aus frohen Tagen. Sie als kleines Mädchen zwischen ihren jungen, lachenden Eltern, mit windbewegten Haaren, braungebrannt am Ostseestrand. Das war auf dem Zeltplatz in Prerow, fiel ihr ein. Sommer 1988. Sie war damals acht Jahre alt.

Behutsam nahm Anja das Bild, drückte es fest an sich, sah es immer wieder an und spürte, wie die Tränen über ihre Wangen liefen. Unaufhaltsam. Es war so schmerzhaft, die Eltern so jung und so froh zu sehen. Es tat so weh, zu wissen, dass es nie wieder so sein würde, dass sie beide nie wieder würde berühren können, sie umarmen, mit ihnen lachen, im Garten tollen, Schönes sehen und erleben. Das alles würde es nie wieder geben. Es war für immer vorbei. Es gehörte der Vergangenheit an, auf die sie nur noch traurig und mit bangem Gefühl würde zurückschauen können. Ein trockenes Schluchzen erfüllte den Raum, so dass Egon sie leicht anstieß, weil er sich fürchtete. Sie streichelte den Hund sanft.

Laut und anklagend rief sie in die Stille:

»Vati, wie konntest du mich so allein lassen! Was soll denn nur aus mir werden! Ich bin so allein. So schrecklich allein. Hilf mir doch!«

Sie legte völlig verzweifelt ihren Kopf auf den Schreibtisch und weinte.

Plötzlich hatte sie wie an seinem Totenbett das Gefühl, dass die Luft sich bewegte und das KA des Vaters im Raum war.

Sein Schatten bewegte sich in der Stille.

Lautlos.

Ein unsichtbarer Schatten.

Im dünnen Nebel wabend.

Schemenhaft nur zu erahnen.

Ganz deutlich spürte sie seine Nähe. Fast körperhaft. Sehr nahe bei ihr. Neben ihr.

Eine winzige Luftbewegung.

Ein Hauch nur.

Die Kühle des Schattens.

Sie wusste auf einmal, dass er da war. Er stand hinter ihr. Sein KA. Ja, er war da. Sie spürte ganz deutlich seine Nähe. So sehr, als könnte sie ihn berühren, wenn sie die Hand nach ihm ausstrecken würde.

Er war hier.

Er war da.

Neben ihr.

Greifbar nahe.

Ganz nahe.

Und sie fürchtete sich nicht. Ein Gefühl von Wärme und großer Dankbarkeit erfüllte sie. Hingegeben schloss sie mit klopfendem Herzen die Augen und sprach stumm mit ihm:

»Vati, bist du da?«

»Ich bin immer da. Habe ich dir nicht gesagt, dass ich immer bei dir sein werde?«

»Ja, ich spüre deine Nähe. Du bist da.«

Deutlich hatte sie das Gefühl, dass er, wie er es immer getan hatte, sanft seine guten, großen Hände auf ihre Schultern legte:

»Du bist da. Du wirst immer bei mir sein. Du wirst mich niemals verlassen.«

»Ich werde immer bei dir sein. Der Tod hat keine Macht über uns. Liebe ist unsterblich, mein Kind. Der Tod trennt uns nur körperlich. Er ist auch ein Erwachen und nicht das Ende. Mein KA ist noch in dieser Welt. Es hat in unserem Haus Wohnung genommen.«

»Ja, Vater, du hast mich gelehrt, dass dein KA solange bei mir sein wird, wie ich es brauche. Und ich brauche dich sehr. Bleibe also bitte an meiner Seite. Ich danke dir!«

Die Gewissheit, dass der Vater sie nicht verlassen hatte, gab Anja ein wenig Lebensmut zurück. Sie hatte jetzt wieder festeren Boden unter den Füßen.

Anja wusste, dass die Hoffnung und Sehnsucht der Menschen auf ein Weiterleben nach dem Tod auch die Sehnsucht ist, am weiteren Leben der geliebten Menschen teilzunehmen. Noch da zu sein. Dass der Tod nicht das Ende ist, sondern der Übergang in eine andere Daseinsform, in eine andere Dimension.

Und Anja wusste auch, der Vater hatte sie es gelehrt, dass unsere Vernunft ihre Grenzen hat. Enge Grenzen. Nicht alles ist mit Hilfe unseres Verstandes zu erfassen, zu definieren, zu erkennen. Es scheint eine Welt jenseits der engen Grenzen unserer Vernunft zu geben.

Diese Welt ist nicht erreichbar mit Mitteln des Verstandes und der Logik.

Gibt es sie deshalb nicht?

Gibt es doch eine Wirklichkeit jenseits dieser Grenzen?

Ist diese jenseitige Welt nicht vorhanden, nur, weil sie für uns nicht erfassbar ist?

Ist nicht etwas in uns, das nicht den Gesetzen von Raum und Zeit unterliegt?

Nennen wir es Seele. Magische Kraft. Kosmischer Berührungspunkt.

Wie auch immer.

Ewigkeit. Unendlichkeit statt Vergänglichkeit.

Dies denkend war ihr, als würde eine zentnerschwere Last von ihren Schultern genommen. Sie konnte wieder frei atmen.

Anja lief am nächste Tag mit Egon zum »Konsum«, der jetzt Rewe hieß.

Als sie die gekauften Sachen einpackte, tippte ihr jemand auf die Schulter. Es war Kommissar Schmidt, der auf dem Heimweg war und schnell noch etwas zum Abendessen einkaufen wollte.

Er sagte:

»Guten Tag, Frau Pagel. Ich möchte Ihnen mein herzliches Beileid aussprechen. Und eigentlich möchte ich Sie auch etwas fragen.«

Er weiß meinen Namen noch, dachte Anja. Laut sagte sie:

»Ja, bitte. Fragen Sie.«

»Sind Sie eigentlich immer noch der Meinung, dass der Unfalltod Ihrer Eltern kein Unfall war?«

Er sah sie prüfend an.

Anja gab den Blick gefasst zurück:

»Es war ein Unfall. Ein tragischer Zufall, oder es war ihr Schicksal, wenn Schicksal die Summe aller Zufälle ist. Oder wie man es auch immer bezeichnen mag.«

»Wenn Sie es so sehen wollen, dann ist es gut.«

Kommissar Schmidt war zufrieden.

Unfälle gab es. Und Schicksalsschläge. Das Leben war eben so.

Aber es musste auch alles seine Ordnung haben. Schließlich lebte man in Preußen. Immer noch, was das Wertesystem betraf. Und ein Fall musste schließlich abgeschlossen sein und bleiben.

Und so sagte er dann, zufriedengestellt:

»Ich wünsche Ihnen alles Gute, und für das Schwere, das noch vor Ihnen liegt, viel Kraft.«

»Danke. Ich danke Ihnen.«

Sie trennten sich in gutem Einvernehmen.

Und Anja sagte zu sich selbst:

Gib Ruhe! Es war ein Unfall. Bleiben wir dabei. Es ist ohnehin zu spät für alles andere. Wie es wirklich war, werden wir nie erfahren. Das ist ein Geheimnis. Das bleibt *ihr* Geheimnis. Sie haben es mit ins Grab genommen. Ungeklärt für immer würde bleiben, warum es aus uns nicht ersichtlichen Gründen überhaupt zu diesem Unfall kam. Warum der vorsichtige Vater auf einmal so schnell auf einer Landstraße fuhr. Warum beide nicht angeschnallt waren. Es gibt manche Deutungsmöglichkeiten: Vielleicht hatten sie irgendwo angehalten und vergessen, sich wieder anzuschnallen, vielleicht hatten sie, in ein intensives Gespräch vertieft, es überhaupt vergessen? Aber schnallte man sich nicht automatisch an? Oder nicht?

Vielleicht hatten sie aber auch etwas übersehen, waren so auf ihr Gespräch konzentriert, dass alles andere unwichtig war? Vielleicht waren sie total unaufmerksam und abgelenkt, denn ihre Gesichter hatten eine völlig verschiedene Ausdrucksweise: Das Gesicht Katharinas war erstaunt, das des Vaters zeigte eine gewisse Genugtuung. So etwas kannte sie von den Eltern überhaupt nicht. Sie waren immer gleichen Sinnes gewesen.

Es war und blieb nur eines: menschliches Versagen, in welcher Form und wie auch immer. Versagen im menschlichen Sinn als Nichtbewältigen einer Lebenssituation. Versagen auch in der Bewältigung von Problemen? Etwa Katharinas Untreue? Ihre unbändige Lust auf eine neue Liebe, ein neues Leben? Oder das Irrlichtern des Vaters im neuen Leben, in dem er keinen Platz mehr fand? Alles menschlich, alles verständlich. Menschliches Versagen. Ein Unfall. Eine menschliche Tragödie, das wäre treffender. Aber bleiben wir bei Unfall. Das ist einfacher für alle. Und – der Rest ist wie bei Shakespeare ohnehin Schweigen.

## IV. KAPITEL

Es ist nicht wahr, dass es bei Beerdigungen immer regnet.

Als Klaus und Katharina Pagel, die Eltern, zur letzten Ruhe gebettet wurden, war schönstes Spätsommerwetter. Mild war die Luft, leicht der Wind, angenehm die Temperaturen. Ein Wetter zum Spazierengehen, zum Wandern, zum Träumen in der Natur oder zum Sitzen in einem kleinen Gartencafé im Freien. Streichelweiche, sanfte Luft. Ein Abschiednehmen in größter Schönheit und Harmonie, als hätte die Natur ihr Festgewand angelegt. Ein Abschied, der die Bitterkeit des Augenblicks durch Schönheit mildern sollte, als hätte die Natur ein Einsehen mit den Lebenden und ihrer Traurigkeit.

Anja hatte mit Frau Kastens Hilfe nur die engsten Freunde, Arbeitskollegen und Verwandten eingeladen. Sie wollte, dass nur die Menschen, die für ihre Eltern wirklich bedeutsam gewesen waren, an der kleinen Trauerfeier teilnehmen. Nun war sie ganz erstaunt, nahm es durch den Tränenschleier unbewusst wahr, dass so viele Menschen gekommen waren, dass die kleine Trauerhalle nicht ausreichte und viele draußen stehen bleiben mussten. Es waren viele Arbeitskollegen der Mutter gekommen, auch Persönlichkeiten des öffentlichen Lebens, die Anja kaum oder gar nicht kannte. Sie kamen alle, weil die Mutter eine bedeutende Persönlichkeit in der Stadt gewesen war. Das hatte sie auch den offiziellen Nachrufen in der Presse entnommen.

Als sie, auf Dietrichs Arm gestützt, die Halle betrat, die in freundlichen Lebensfarben ein wenig von der Schwermut der Trauernden nehmen sollte, versagten ihr fast die Knie. Von herrlichsten Herbstblumen und Herbstlaub umgeben, die so etwas wie eine Pyramide bildeten, standen zwei aus Terrakotta hergestellte und mit einem Ornament versehene Urnen: die der Mutter mit einer stilisierten

Blume, die des Vaters mit einem entlaubten Baum. Der Anblick war von überwältigender Schönheit und Harmonie.

Es war das Letzte, das Einzige, was man jetzt noch für die Verstorbenen tun konnte.

Sie gingen in ganz kleinen Schritten auf die Urnen zu, verneigten sich tief. Anja liefen die Tränen unaufhaltsam über ihr stilles Gesicht. Sie war sehr blass. Mühsam begriff sie mit dem Herzen, dass das da in den Urnen einmal ihre Eltern gewesen waren. Ihr Gehirn verstand nichts, weil das einfach nicht zu begreifen war. Die rechte Gehirnhälfte kontrolliert die linke, das Gefühl kontrolliert den Verstand. Das hatte die Natur, die uns Überlebensstrategien mitgegeben hat, so sinnvoll eingerichtet. Sonst würden wir unseren Verstand verlieren.

Still auf der Trauerbank sitzend, sah sie auf die beiden in warmen Farben schönen Urnen. Sie dachte wieder, dass die Eltern viele Jahre, 25 Jahre, ihr halbes Leben, gut zusammen gelebt hatten, sich verstanden und liebten, miteinander vertraut waren wie nur je zwei Menschen. Dass sie ihrer einzigen Tochter eine harmonische und glückliche Kindheit gaben, dass sie füreinander geschaffen und da waren. Jetzt, im Tod, würden sie für immer beieinander sein. Nichts und niemand mehr würde sie je trennen können. Keiner kann den anderen mehr verletzen, betrüben oder verlassen. Der Tod hatte gesprochen. Und er hat immer das letzte, das entscheidende Wort. Der Lebenskreis war geschlossen. Das Schicksal beider hatte sich vollendet.

Als Musik hatte sie die WASSERMUSIK von Händel ausgewählt, weil das eine der Lieblingsstücke ihrer Eltern gewesen war. Die Mutter hatte beim Hören dieser Musik, oft beim sonntäglichen Frühstück, gesagt:

»Leute, wenn ihr diese wunderbare Musik schon am Morgen hört, wird es ein richtig guter Tag für uns. Dieses Dahingleiten der

Schiffe auf der Themse. Man kann es förmlich sehen und spüren, so, als wäre man dabei, nicht?«

Der Wunsch der Mutter, einmal auf einer Fahrt auf der Themse dabei zu sein, erfüllte sich für sie auf besondere Weise. Die Reise zur Silberhochzeit vor wenigen Monaten hatte sie nach London geführt. Und sie waren auf der Themse gefahren. Nicht auf dem Krönungsboot, in dem Anna Boleyn, die zweite Gattin Heinrichs VIII., gefahren war, die später wegen Ehebruchs enthauptet wurde. Ihr Schiff war modern und ohne Ruderer, obwohl der Mutter ein uraltes Boot lieber gewesen wäre. Sie fuhren auch zum Tower, aber nur, um im Hof des Towers zu sehen, dass es die sagenhaften Raben noch gab, und um im Tower die gut bewachten Kronjuwelen zu bewundern. Immer wieder hatte die Mutter von der Schönheit der Flussfahrt erzählt und von der überwältigenden Pracht der Juwelen geschwärmt.

Der Sonntag war ihnen allen heilig. Da unternahmen sie immer etwas. Das war in den Kindertagen so schön gewesen. Ein richtiges Familienleben.

Und der Vater pflegte dann zu ergänzen:

»Das ist, als schwimme man auf dem Strom des Lebens dahin. Eine frohe Bootspartie mit lauter fröhlichen Leuten. Was wollen wir heute machen?«

Das würde nie wieder so sein. Der Strom des Lebens trug sie nicht mehr. Alleingelassen hatten sie ihre Tochter. Sie waren einfach weggegangen. Es gab sie nicht mehr. Ihr Leben hatte sich vollendet.

Anja schluchzte auf. Sie hielt sich ihr Taschentuch vor den Mund, um das laute Wimmern zu mindern.

Der Redner, der älteste und beste Freund ihrer Eltern, noch aus Studententagen, hatte es sich zur Aufgabe gemacht, nicht so sehr die Traurigkeit des Augenblicks zu betonen, die jeder schon in sich trug, sondern das Lebensbild der Toten mit warmer Anteilnahme zu zeichnen. Seine Rede war sachlich, von großer Zuneigung für die Toten und Respekt geprägt. Ereignisse aus dem Leben, die für beide wichtig waren, hob er hervor, vor allem ihre Liebe zur einzigen Tochter und ihr Engagement im Beruf. Er formte ein Freundesbild und setzte beiden damit ein größeres Denkmal, als es der Stein später sein würde.

Einiges war Anja besonders wertvoll in der Rede:

»Für dir alten Griechen war die Totenrede der Gipfel einer lebenslangen Freundschaft …

Wir gehören zur Nachkriegsgeneration, die die guten Gaben des Lebens wie Brot auf den Tisch, Licht in den Fenstern, Bildungsmöglichkeiten für alle, klare Lebensperspektive und friedlichen Himmel besonders zu schätzen weiß. Dies sind die wirklichen Werte des Lebens, deren Bedeutung nicht verloren gehen darf, die Euch immer wichtig waren!

Und Euer Berufsleben war für Euch nie ein Job, sondern immer wie Euer Familienleben Eure Leidenschaft und Freude.

Katharinas nützliche, humanitäre Arbeit wird für viele ihrer Patienten und deren Angehörige, auch für mich, der ich Katharinas Kunst der Diagnostik und Therapie mein Leben verdanke, in dankbarer Erinnerung bleiben. Wie vielen Menschen mag sie wohl in ihrem langen Berufsleben geholfen haben? Wie vielen ihrer Freunde mag sie wohl beigestanden haben? Das wird noch lange im Gedächtnis sein!

Und Klaus – auf vielen Kontinenten, in vielen, auch Entwicklungsländern, hat er Spuren seiner Arbeit hinterlassen! Und für uns, die wir dort nicht hinfahren durften, war er unser ›Fliegendes Auge‹. Wir waren seine staunenden Zuhörer. Er hat uns die große Welt in unseren kleinen Kreis gebracht. Wir saßen mit ihm im

Indianerkanu auf dem Orinoco im Urwald Südamerikas, hockten mit ihm im glutheißen PKW auf der Fahrt durch die Sahara, waren in Timbuktu und im Atlasgebirge, in Algier und in Kairo, in Bagdad und Teheran, in Beduinenzelten und arabischen Teehäusern. Wir sahen mit ihm die ganze zauberhafte Welt, die uns die Enge des eigenen Seins ein wenig vergessen ließ.

Nicht zu vergessen, Katharina und Klaus erzogen besonders liebevoll ihre einzige Tochter zu einem lebenstüchtigen großartigen Menschen. Und sie bauten das Haus um und legten den Garten neu an. Dazu gehört Mut und die Zuversicht in eine gute Zukunft. Wozu hat man sonst Kinder und pflanzt Bäume? Teilt man sich nicht auch so der Nachwelt mit? Bleibt nicht das von uns zurück, wenn wir gehen müssen?

Abschiednehmen ist ein Prozess, ist auch Stille und Einkehr halten. Sich besinnen und nachdenken. Ihr beide seid wie die alten Griechen glaubten, mit dem Fährmann Charon über den Styx in den Hades gefahren, oder wie die alten Ägypter glaubten, mit der Abendsonne versunken ins Reich der Schatten. Aber vielleicht wohnt ihr auch im Wurzelwerk Eurer alten Bäume im Garten? Wer weiß das schon genau? Aber ihr seid bei uns, seid beide da, anwesend, solange wir an Euch denken und Euch in unseren Herzen tragen.

Wir wollen uns an Euch erinnern in der Gewissheit, dankbar zu sein, dass es Euch gab und wir alle Eure Freunde sein durften.«

Diese Rede des besten Freundes beeindruckte alle, sie wurde dankbar angenommen. Die Feier war würdevoll und angemessen. Professionell vorbereitet und durchgeführt, ohne aufdringlich zu sein.

Am bittersten war der Weg zur Grabstelle und das Versenken

der Urnen ins Erdreich. Da fürchtete Anja, der plötzlich schwindlig war, umzusinken. Aber sie fiel nicht. Nur ein leichtes Schwanken spürte Dietrich, der hinter ihr stand und sie ganz fest hielt.

Das würde symbolisch sein können für ihr weiteres Leben: Dietrich, der hinter ihr stand und sie hielt und ihr damit Kraft gab und Halt.

Plötzlich trat Frau Dr. Wirth, die langjährige Freundin und Hausärztin der Familie, einer Eingebung folgend, vor:

»Ich verspreche euch, hier im Angesicht eures letzten Ganges, dass wir alle eure Tochter beschützen werden und sie begleiten auf ihrem weiteren Lebensweg. Ihr sollt die Gewissheit haben, dass sie nicht einsam sein wird.«

Die Trauergemeinde war ergriffen und stark beeindruckt von der Aussage. So etwas hatten sich die Freunde und Dietrich gewünscht. Schade, dass es die Eltern nicht erleben konnten. Vor allem Klaus hatte sich so sehr Sicherheit, am besten eine Hochzeit seiner Tochter, gewünscht. Er hatte immer Sorge, dass sie allein nicht zurechtkommen würde.

Aber vielleicht hörte er es doch?

Er hörte es bestimmt. Aber das wollte Anja für sich behalten.

Was bleibt von einem Menschen?

Was bleibt von ihm, wenn er gehen muss, um nie wiederzukehren?

Was bleibt nach seinem Tod?

Nachdenklich stellte Anja sich alle diese Fragen. Es bleiben die, die man liebte, mit denen man vertraut war. Sie bleiben traurig im Leben, in der Gegenwart, und haben auf einmal eine Vergangenheit, auf die sie zurückschauen können im Weitergehen. Die Toten gehören jetzt zur Vergangenheit, sie gehen nicht mehr mit uns mit.

Sie bleiben zurück, bleiben einfach stehen, während wir weitergehen. Und sie winken uns nach.

Und es bleiben die Dinge zurück, die zu dem Menschen gehörten. Alle Dinge. Sie gehen nicht mit in den Tod. Sie leben weiter, sind einfach weiter da, ohne zu fragen, ob sie noch gebraucht werden. Sie sind Rückstände des gelebten Lebens, auf einmal unlebendig und auch unheimlich in ihrer Daseinsweise.

Alle Dinge bleiben zurück. Sie haben eigentlich nie uns gehört. Wir haben sie nur ausgeliehen für die kurze Zeit unseres Erdendaseins. Dann ordnen sie sich wieder anderen zu, die sie auch nur leihen dürfen. Die Dinge sind einfach weiter da, überleben uns. Nichts können wir mitnehmen. Wir gehen so, wie wir zur Welt gekommen sind: nackt und schutzbedürftig.

Aber die Dinge bleiben zurück.

Für den Obdachlosen, der seinen mit Wegwerfdingen zugemüllten Einkaufswagen zurücklässt, über den Professor, dessen kostbare Bibliothek zurückbleibt, bis zum Millionär, dessen ganzer Reichtum ihm nicht mehr von Nutzen sein kann.

Materielle Dinge sind im Leben nötig, machen es angenehm, sind aber ganz und gar nutzlos im anderen Dasein. Sie bedeuten nichts, sind ausgeliehen auf Zeit und eigentlich bedeutungslos.

Und die Menschen bleiben zurück, die einem etwas bedeutet haben und für die man wichtig war.

Sie sind das Lebendige, das bleibt. In ihren Gedanken und Erinnerungen lebt man weiter. Man lebt, solange sich jemand an einen erinnert und an einen denkt.

*»Nach ewigen, ehernen,*
*Großen Gesetzen*
*Müssen wir alle*

*Unseres Daseins*
*Kreise vollenden.«*

Sagt Goethe in seinem Gedicht »Das Göttliche«.

Jedes Lebewesen ist diesen göttlichen Gesetzen unterworfen. Niemand kann sie sich aussuchen. Jeder muss ihnen folgen, den Gesetzen des Lebens. Und denen des Todes. Das ist die einzige Gerechtigkeit in dieser Welt: Vor dem Tod sind alle gleich.

Was aber nimmt man mit? Was kommt nach der Vollendung des Lebens, des ganz eigenen Schicksals?

Seinen Geist und sein KA nimmt man mit. Der Körper, die sterbliche Hülle, vergeht und ist gänzlich ohne Bedeutung. Das KA und der göttliche Funke sind das Unsterbliche in uns. Und nur das ist von Bedeutung.

In Anjas Grübeleien mischte sich der Hund Egon ein. Er hatte Hunger. Anja streichelte ihn und gab ihm sein Futter, das er schnell auffraß. Erst jetzt merkte sie beim Anblick des schnell fressenden Hundes, dass sie auch lange nichts zu sich genommen hatte.

»Ein Glück, dass ich dich habe, Egon! Ich würde verhungern und verdursten ohne dich und nie einen Atemzug frischer Luft bekommen.«

Egon wedelte begeistert und holte seine Leine.

Wirklich ein Glück!

Der Hund zwang Anja durch seine Bedürfnisse, spazieren gehen zweimal täglich und Futter hinstellen, alltägliche Dinge zu tun und ein wenig aus der Trauerfalle zu entkommen.

Es war für Anja unheimlich, mit den Gegenständen des Vaters umzugehen. Die Sachen der Mutter rührte sie nicht an. Sie lagen in

Kartons verpackt in deren ausgeräumtem Zimmer, das sie nicht wieder betreten hatte.

Der Spaziergang mit Egon hatte ihr gutgetan. Sie fühlte sich besser und machte sich nun seufzend daran, die Sachen, die ihr die Klinik in einem Beutel zurückgegeben hatte, zu ordnen. Das Leben forderte sein Recht. Es musste sein. Schließlich konnten die Sachen nicht ewig im Beutel liegen bleiben. Pullover, Oberhemden, Socken, drei Bücher, seine Uhr, der Trauring.

Anja legte die getragenen Sachen des Vaters über die Couchlehne. Sie rochen nach Krankenhaus, aber auch nach dem Vater. Sie wollte den Geruch haben. Er war so gut.

Still weinte sie, als sie Uhr und Trauring auf den Schreibtisch legte. Erst jetzt fiel ihr auf, dass etwas fehlte.

Wo ist die Goldkette mit dem Skarabäus, dem Amulett, von dem der Vater sich nie trennte?

Wo ist der Skarabäus?

Aufgeregt rief sie Dietrich an. Der wusste auch nichts. Ihm war ebenfalls nicht aufgefallen, dass die Kette mit dem Skarabäus fehlte. Anja rief in der Klinik an und fragte nach. Die Stationsschwester wurde geholt. Sie sagte:

»Wir fertigen von allen Sachen, die wir den Patienten abnehmen während des Aufenthalts bei uns, eine Liste an, die der Patient unterschreibt.«

»Aber mein Vater war doch in der ganzen Zeit ohne Bewusstsein.«

»Das ist richtig. Dennoch existiert die Liste, aber ohne Unterschrift. Ich werde nachsehen.«

Die Stationsschwester fand die Liste und verglich mit Anja die Gegenstände. Alles war da. Alles stimmte. Bis auf die Kette mit dem Skarabäus, die immerhin etwas wert war. Hatte man sie gestohlen?

Die Stationsschwester musste Anjas Gedanken vermuten, denn sie sagte scharf:

»Schließen Sie bitte einen Diebstahl aus! Wenn die Kette nicht auf der Liste steht, hatte er sie nicht um!«

»Aber er hatte sie immer um!«, sagte Anja leise. »Er trug sie ständig. Tag und Nacht. Immer. Er trug sie doch immer. Selbst im Bad legte er sie nicht ab.«

»Er hatte sie hier nicht um, glauben Sie es! Schauen Sie doch zu Hause nach. Sicherlich liegt sie irgendwo.«

»Aber wo soll sie denn liegen?«

»Schauen Sie bitte in Ruhe nach!«

»Ja. Danke.«

Anja legte auf. Sie war verstört.

Wo war die Kette? Wo war der Skarabäus?

Sie rief Frau Kasten an und erzählte alles.

Frau Kasten schwieg ein wenig. Dann sagte sie:

»Anja, dein Vater hat die Kette schon seit einiger Zeit nicht mehr getragen. Sie muss irgendwo in seinem Schreibtisch liegen. Ich habe ihn einmal gefragt, weshalb sein Talismann nicht mehr an ihm zu sehen sei. Da hat er mir geantwortet, dass er zerbrochen ist. Verstehst du das? Wie kann ein goldener Skarabäus zerbrechen? Sicherlich meinte er die Kette. Aber schau nach, du findest sie bestimmt.«

Anja bedankte sich und begann zu suchen. Sie brauchte nur wenige kleine Schubladen zu öffnen, um die Kette zu finden. Der Skarabäus war auch da. Und er war, obwohl aus massivem Gold, wirklich zerbrochen, hatte einen deutlichen Riss.

Wie war der entstanden?

Wie kann es sein, dass massives Gold bricht?

Anja nahm behutsam das dem Vater so teure Schmuckstück und

drehte es um. Sie wollte die Inschrift, an die sie sich nur undeutlich erinnern konnte, noch einmal lesen:

*»Dir und allem, was du hast,*
*sei großes Heil beschieden!*
*Hüte den heiligen Skarabäus!*
*Verlierst du ihn, verlierst du dein Glück.«*

Der Vater hatte immer behauptet, dass der Skarabäus ihn und seine Familie vor allem Unheil bewahren würde. Und das war ja wirklich so gewesen. Anja erinnerte sich, dass sie auf einer Urlaubsreise an den Balaton nur durch großes Glück einem sicherlich für sie alle tödlichen Unfall entgangen waren. Wären sie nur wenige Minuten früher losgefahren ...

Oder die vielen gefährlichen Autotouren durch die Wüste und den Urwald, die der Vater völlig unbeschadet durchgestanden hatte, die vielen langen Flüge in weit entfernte Länder!

Nichts hatte dem Vater den Glauben an die Kraft des Skarabäus rauben können.

Den Skarabäus zu besitzen, ihn als Amulett zu tragen, bedeutete, ein glücklicher Mensch zu sein, ein Liebling der alten ägyptischen Götter.

Und nun hatte der Vater ihn in die Schublade gelegt.

Hatte sich von ihm getrennt.

Hatte ihn abgelegt, als sei er nutzlos.

Und – er war beschädigt. Wie war das passiert? Glaubte der Vater nicht mehr an die Wunderkraft eines nicht mehr heilen Skarabäus?

Aber in der Inschrift stand doch nur, dass er ihn nicht verlieren dürfe. Und verloren hatte er ihn nicht. Der Skarabäus war doch da!

Anja wollte die Kette mit dem zerbrochenen Skarabäus zurücklegen, als ihr auffiel, dass ein säuberlich zusammengerollter Papyrus unter dem Skarabäus gelegen hatte. Sie nahm ihn vorsichtig an sich und entrollte ihn. In der klaren Handschrift des Vaters stand da:

»Aus einer Papyrusrolle aus der Zeit des Pharaos Thutmosis III., etwa 1460 v. Ch., in freier Übersetzung und Dichtung:

*Aber wehe dem Verräter!*

*Wehe dir, wenn du dein Liebstes verrätst!*

*Wenn du um vermeintlich schnöder Vorteile willen den verlässt, der dich liebt, dir vertraut, auf dich baut, dich braucht!*

*Dass du es wagst, zuzutreten, wenn der andere schon am Boden liegt!*

*Wehe dem Verräter!*

*Du hast kein Recht, dein Liebstes so zu verletzen, dass es nicht mehr leben kann!*

*Aber auch nach dem Tod des Verlassenen wirst du keine Ruhe finden!*

*Sein KA sucht dich des Nachts heim. Wilde Träume zerstören deinen Schlaf!*

*Ruhelos, ein Gejagter, wirst du auf Erden sein!*

*Osiris, der Gott der Unterwelt, wird dein ständiger Mahner sein! Er wird im Jenseits auf dich warten und dein KA unendlich lange durch das Jammertal der Schuld hetzen.*

*Du wirst durch deinen Verrat nichts erreichen. Wisse, dass keiner auf dem Unglück seines Liebsten ein neues Glück aufbauen kann!*

*Wehe dir!*

*Was hast du getan?*«

Anja war sehr erschrocken. Dieser alte Papyrus war eine schreckliche

Klage und Anklage. Er beschwor die gewaltigen Götter des Altertums und forderte Vergeltung.

Schrecklich!

Ein furchtbarer Fluch, der den vernichtete, den er traf.

Warum hatte der Vater diesen Papyrus so übersetzt?

Und warum hatte er ihn unter den zerbrochenen Skarabäus gelegt?

Wer war gemeint?

Wer war der Verräter?

Gegen wen richteten sich diese hasserfüllten Worte?

Oder waren es Worte eines Verzweifelten?

Doch hoffentlich galt all das für jemanden aus der Zeit des Thutmosis, und nicht etwa einen Lebenden, einen von heute?!

Anja bekam Angst. Sie legte hastig den Papyrus zurück und verließ eilig den Raum.

Ihr war auf einmal unheimlich zumute.

Frau Kasten rief Anja an und fragte nach, ob sie schon Post vom Amtsgericht habe. Anja wusste es nicht. Sie hatte die viele Post, meist Beileidsschreiben, einfach nur abgelegt. Jetzt begann sie zu suchen und fand das besagte Schreiben.

»Kann ich damit zu Ihnen kommen?«, fragte Anja.

»Selbstverständlich.«

Mit dem Hund Egon, der begeistert die Katzen begrüßte, die sich das majestätisch gefallen ließen, betrat sie das Nachbarhaus. Den Brief hielt sie ungeöffnet in der Hand.

»Öffne ihn, Anja!«

Doch diese reichte ihn kopfschüttelnd Frau Kasten:

»Bitte, öffnen Sie ihn.«

In dem Schreiben teilte ihr das Amtsgericht mit, dass das Testament ihrer Eltern eröffnet worden war und sie Alleinerbin ihrer Eltern sei.

»Was heißt denn das?«, fragte Anja.

»Das heißt, dass du von jetzt an über dein Erbe verfügen kannst. Du hast Haus und Grundstück geerbt. Beides gehört nur dir. Und das heißt auch, du kannst alle Konten und Wertpapiere auf dich umschreiben lassen.«

»Wie mache ich denn das?«

»Ich schlage dir vor«, sagte Frau Kasten, »dass du zunächst zur Sparkasse gehst und dort Girokonto und Sparbuch umschreiben lässt. Das andere kannst du schriftlich machen. Verschaffe dir zunächst einmal einen Überblick. Ich denke, Anja, dass deine Eltern auch hier gut für dich gesorgt haben. Du wirst keine Not leiden.«

Anja nickte. Sie wusste von einem kleinen Safe im Schlafzimmer der Eltern. Sicherlich würde sie dort alles finden. Und so war es auch. Sie kannte die Safekombination: ihr Geburtsdatum. Der Vater hatte ihr vor einem Jahr einmal alles gezeigt und erklärt »Für alle Fälle«, wie er sagte. Anja war erstaunt über die Weitsicht ihrer Eltern. Es waren nicht nur ein Sparbuch da und eine Lebensversicherung in Höhe von je 35.000 €, sondern auch Wertpapiere und Aktien. Frau Kasten hatte Recht, sie würde keine Not leiden. Alles war wie immer in ihrem Leben durch die Eltern vorsorglich geregelt.

Unter diesen Wertpapieren entdeckte sie eine flache Schachtel, die einen Brief mit der Aufschrift in Maschinenschrift »Eine Botschaft für meine Tochter Anja. Nach meinem Tod zu öffnen« enthielt.

Wessen Tod?

Dem der Mutter oder dem des Vaters?

Anja nahm zögernd den Brief mit der Botschaft an sich und öffnete ihn. Der Vater hatte ihn in seiner klaren, schönen Schrift verfasst. Sie las:

*»Solltest du, meine einzige und geliebte Tochter, einmal vor der Aufgabe stehen, dein Leben nicht mehr so behütet meistern zu können, dann rate ich dir, an das Schicksal Thutmosis III. zu denken!*

*Wie du weißt, wurde er der größte Feldherr im alten Ägypten.*

*Nach dem Tod seiner Stiefmutter Hatschepsut, die für ihn die Regentschaft hatte, wurde er, der verwöhnte junge und unerfahrene Prinz, über Nacht zum mächtigen Herrscher mit gottähnlichem Recht über ganz Ägypten. Wie sollte er dieser Aufgabe gerecht werden? Wie sollte er sich Respekt verschaffen bei der mächtigen Priesterschaft? Wer traute ihm zu, die Syrer, die Rebellen, zu besiegen? Sein Heer war zahlenmäßig dem Ansturm nicht gewachsen. Aber der junge Pharao vertraute den Göttern und sich selbst und stellte sich der Aufgabe. Er rekrutierte Bauern zu Soldaten und stärkte moralisch seine Elitetruppe, die Nubier. Klug und mit Mut zum Risiko überraschte er die Feinde. In der Schlacht von Megiddo, 1458 v. Chr., führte der junge Pharao mit dem Segen des Gottes Amun wie Horus, dem falkenköpfigen Gott der Macht, seine Truppen zum Sieg. Damit bewies er nicht nur sein Feldherrentalent, sondern auch sein Geschick, Menschen zu führen und Autorität durch Taten zu gewinnen.*

*Sich selbst und den Göttern vertrauend, kann der Mensch alles erreichen, auch wenn es zunächst gar nicht so aussieht.*

*Die Götter helfen dem, der Selbstvertrauen hat.*

*Und der Mensch wächst über sich selbst hinaus, wenn es notwendig ist.*

*Du bist unsere Tochter. Und du bist stark!*

*Vergiss das nie!*

*Wie der Sonnengott Re in seiner Sonnenbarke, dem Sinnbild*

*des ewigen Lebens, täglich über den Himmelsozean segelt und alles sieht, nachts im Schattenreich verharrt, um jeden Tag wieder über den Himmel zu fahren und die Welt zu erleuchten, so werde ich immer mit ihm sein.*

*Wie es in einem Hieroglyphentext aus dem* TOTENBUCH *heißt, werde ich mit der Fähre die Flut des göttlichen Stroms, des himmlischen Nils, befahren und leben. Meine unsterbliche Seele lebt göttlich mit den Geistern der Toten.*

*Ich bin immer bei dir. Ich werde dich weiter beschützen.*

*Dein Vater*

Sie rief Dietrich an und teilte ihm, innerlich aufgewühlt und voller Fragen, alles mit. Etwas befremdet merkte sie, wie wenig ihn die Botschaft ihres Vaters interessierte und wie sehr ihn die Mitteilung animierte, dass sie Aktien und Wertpapiere gefunden hatte und die Lebensversicherungen der Eltern.

Er sagte freudig erregt:

»Das ist ja großartig, Anja! Das Geld aus den Lebensversicherungen können wir gut gebrauchen. Und von Aktien und Wertpapieren verstehe ich etwas. Außerdem weiß ich genau, wo ich wertvolle Informationen herbekomme, um alles noch gewinnbringender anzulegen.«

»Aber, du weißt doch gar nicht, ob ich das auch will.«

»Sei nicht töricht! Geld zu haben, ist eine prima Sache. Und Geld verdienen will schließlich heute jeder. Und alles zu besten Konditionen anzulegen ist doch der Sinn des Geschäftemachens. Lass mich nur machen! Ich komme Freitag auf jeden Fall.«

»Ja, gut«, sagte Anja.

Sie hatte auf einmal ein komisches Bauchgefühl. Ein großes Unbehagen, von dem sie nicht genau wusste, woher es kam.

Anja beschloss, mit Frau Kasten über die Botschaft des Vaters zu sprechen.

Frau Kasten verstand sofort Anjas Anliegen, und wie immer nahm sie sich Zeit für ein Gespräch.

»Dein Vater war immer in Sorge um dich. Vor allem die Sorge, wie du, vielleicht einmal auf dich alleine gestellt, mit dem völlig veränderten Dasein fertig werden würdest. Er hat mir auch gesagt, dass er nicht wüsste, wie du es verkraften könntest, dass die heile Welt deiner Eltern nicht mehr heil ist. Verstehst du?«

»Ja, schon. Aber, schließlich bin ich erwachsen. Und ich hätte immer zu Vater gehalten. Die Handlungsweise meiner Mutter ist für mich unverständlich. Total unverständlich.«

»Das hat auch dein Vater gewusst, und es war ihm einerseits ein Trost – und andererseits ein großer Schmerz, weil er euch beide liebt. Immer geliebt hat.«

»Das verstehe ich. Aber mir ist unverständlich in seinem Brief, woher die große Angst kommt, dass das Leben der Eltern endlich ist. Das verstehe ich überhaupt nicht. Sie waren doch beide gesund. Bleibt der Unfall. Der war doch nicht voraussehbar?«, sagte Anja.

Frau Kasten, einen Schluck Kaffee trinkend, sagte bedächtig:

»Ich habe dir doch erzählt, dass dein Vater zu Gesprächen bei mir war. Dabei hat er mir auch gesagt, dass er für alles und jede Eventualität Sorge tragen werde. Aber, Anja, dein Vater hatte auch großes Vertrauen zu dir und war von deiner Willenskraft und deiner positiven Einstellung zum Leben überzeugt. Die Botschaft, die er dir schickt, zeugt doch davon. Du wirst mit allem, was das Schicksal dir im Leben zugedacht hat, fertig. Du bist stark, wenn es darauf ankommt. Und du wirst sehr glücklich werden. Davon war dein Vater überzeugt.«

»Ich weiß nicht«, sagte Anja. Sie war nicht so recht überzeugt davon, wirklich glücklich zu werden und im Leben zu bestehen. Im Moment, fand sie, sah das ganz und gar nicht so aus.

Es klingelte an der Haustür. Egon lief begeistert und fröhlich bellend zur Tür. Als Anja öffnete, stand vor ihr ein ihr völlig unbekannter großer Mann mittleren Alters. Er war sorgfältig und geschmackvoll gekleidet und machte den Eindruck, etwas Bedeutendes darzustellen. Sein Anzug war aus feinstem Tuch, seine Haltung untadelig. Sie freundlich anlächelnd, sagte er:

»Entschuldigen Sie bitte die Störung. Sie sind sicherlich Anja, Katharinas Tochter.«

»Ja, und?«, antwortete Anja irritiert. Sie war ungehalten. Wie konnte dieser Kerl es wagen, ihre Mutter beim Vornamen zu nennen.

Der Gast lächelte sie weiter unbeeindruckt an:

»Ich bin Jonas Bichler, Kollege Ihrer Mutter, vom Klinikum, in dem auch Ihre Frau Mutter gearbeitet hat.«

»Ja, und?«, wiederholte sich Anja.

»Sie wissen mit meinem Namen nichts anzufangen?«

»Nein.«

»Ihre Mutter hat Ihnen nichts gesagt?«

»Was bitte soll sie mir gesagt haben? Was wollen Sie überhaupt? Ich kenne Sie nicht. Und eigentlich habe ich auch nicht das Bedürfnis, Sie kennen zu lernen.«

Anja spürte Widerwillen. Instinktiven Widerwillen. Abwehr. Der Mann gefiel ihr nicht, obwohl sie keinen Grund für diese Ablehnung hätte anführen können. Er gefiel ihr eben nicht. Wieder so ein Bauchgefühl. Ein nicht bestimmbares Unbehagen.

Aber trotz des wenig herzlichen Empfangs sah sie der Mann weiterhin freundlich an. Leise bat er:

»Kann ich nicht hereinkommen? An der Tür spricht es sich schlecht.«

Anja zögerte. Dann sagte sie:

»Meinetwegen. Treten Sie näher. Und sagen Sie schnell, was zu sagen ist.«

Sie führte den ungebetenen Gast ins Wohnzimmer, von dem man einen herrlichen Blick auf die große Terrasse hatte.

»Nehmen Sie doch Platz, bitte.«

»Ja, danke. Schön haben Sie es hier. Wirklich sehr schön.«

»Wollten Sie mir das sagen?«

Anjas ablehnende Haltung hielt an. Sie mochte den Mann nicht leiden, obwohl sie immer noch nicht hätte sagen können, warum nicht, er war höflich und kultiviert. Aber sie mochte ihn nicht. Das Bauchgefühl.

»Wie gesagt, ich bin Dr. Bichler. Ich kenne Ihre Frau Mutter seit einem halben Jahr, seit ich als Privatdozent an der Klinik arbeite. Befristet, versteht sich.«

Anja saß im Sessel und schwieg. Sie saß etwas verkrampft ihm gegenüber und sah ihn unverwandt, ihm aber aufmerksam zuhörend, an. Sie fühlte sich ausgesprochen unwohl. Allmählich dämmerte ihr, wer der Mann sein könnte. Da sie nichts sagte, fuhr der Gast fort:

»Ich habe Ihre Frau Mutter sehr gut gekannt. Sie bedeutete mir sehr viel. In einem Monat werde ich Potsdam verlassen und zurückgehen an meine Privatklinik in München. Ihre Frau Mutter wollte mit mir gehen.«

Da war es also gesagt!

Dieser Kerl hatte sich in das Leben der Eltern eingeschlichen. Dieser Kerl war schuld daran, dass die Mutter ihre Familie verlassen wollte! Und er wagte es, der Tochter das auch noch ins Gesicht zu sagen! Eine Unverschämtheit! Er wagte sich dreist in das Haus, über das er solches Unheil gebracht hatte! Gut gekleidet, elegant, mit besten Manieren wagte er es, der Tochter so etwas anzubieten! Eine unbändige Wut auf den Zerstörer ihres Familienglücks erfasste sie.

Anja war aufgesprungen und stand nun außer sich vor Wut und Enttäuschung vor ihm:

»Sie wagen es, zu mir zu kommen?! Schämen Sie sich denn gar nicht! Sie haben alles kaputtgemacht! Sie sind ein Monster!«

Anja schrie es aus sich heraus. Der Mann war ganz ruhig geblieben. Still saß er im Sessel und ließ die Beschimpfungen über sich ergehen. Er sah Anja nur unverwandt, traurig und sehr ruhig weiter an. Große Stille war im Raum.

Als Anja sich ein wenig beruhigt hatte, sagte er:

»Sie sind noch sehr jung. Da ist man oft zu hart in seinem Urteil. Da weiß man noch zu wenig von den Höhen und Tiefen des Lebens. So, wie man sich verliebt, entliebt man sich auch. Das passiert einem im Leben. Und das ist auch Ihrer Frau Mutter passiert. Sollte sie denn nur aus Pflichtgefühl gegen Ihren Vater bleiben?«

»Nehmen Sie ja nicht den Namen meines Vaters in den Mund! Er hat es nicht verdient, dass einer wie Sie über ihn zu sprechen wagt. Wagen Sie es nicht!«

Anjas Zorn nahm wieder zu:

»Und was heißt hier verlieben, entlieben? Das sind doch nur faule Ausreden, mit denen man sein schlechtes Gewissen beruhigen will. Meine Eltern haben mehr als ihr halbes Leben gut miteinander gelebt. Und dann kommen Sie daher und machen alles kaputt. Was haben Sie denn meiner Mutter angeboten, damit sie meinen Vater verrät? Sicherlich ein Leben in Luxus. Und für Luxus hatte sie schon immer eine Schwäche. Ein anderes Leben. Eines ohne uns. Waren wir für sie ein Klotz am Bein? Konnte sie sich an unserer Seite nicht frei entfalten? Hatte sie zu wenig Pracht und Herrlichkeit?«

Anja holte tief Luft. Sie zitterte vor Zorn.

Der Mann ihr gegenüber hatte völlig emotionslos zugehört. Er zeigte äußerste Selbstbeherrschung und starken Willen, die Situation zu meistern und sich durch Anjas Anfeindungen nicht aus der Ruhe bringen zu lassen. Er war hergekommen, um der Tochter der geliebten Frau beizustehen. Und das wollte er immer noch. Und er wollte auch, dass die Tochter Verständnis aufbringt für die Mutter. Deshalb sagte er leise:

»Ihre Mutter hat Ihren Vater sehr geliebt. Aber er hat sich in den letzten zwei Jahren sehr verändert. Eigentlich lebte er in der Vergangenheit, sehr zurückgezogen, war schwer zugänglich. Es war für Ihre Mutter nicht mehr so einfach, mit ihm zu leben. Sie lebte gern und ausschließlich in der Gegenwart. Sie hatte eine sehr anstrengende Arbeit in der Klinik zu bewältigen. Sie war, wie Sie ja wissen, Chefärztin geworden. Das erfordert den ganzen Menschen.«

Anja sah ihn weiter feindselig an:

»Und das gibt ihr das Recht, den Mann, der Probleme hat, im Stich zu lassen?«

»Sie hatte ein Recht auf ihr eigenes Leben. Sie wollte noch einmal neu anfangen.«

»Und in dieses großartige neue Leben, das Sie ihr bieten wollten, passte mein Vater nicht. Er war schließlich nicht mehr der große Zampano, mit dem sie glänzen konnte. Ich verstehe. Ich verstehe alles. Wie abscheulich!«

Der Gast holte tief Luft:

»Es tut mir leid, dass Sie es nicht verstehen. Sie verstehen es eben so ganz und gar nicht! Die Liebe kommt, die Liebe geht. Man kann sie nicht erzwingen. Man kann sich auch in einer langjährigen Gemeinschaft, wie es die Ehe ist, auseinanderleben. Das passiert. Soll man dann nur zusammenbleiben, weil man es einmal wollte?«

Anja sah ihn durchdringend an:

»Es tut mir leid, dass Sie sich umsonst herbemüht haben. Aber wir verstehen einander nicht. Wir reden aneinander vorbei. Ich rede über Äpfel, Sie über Birnen. Gehen Sie jetzt, bitte! Wir haben uns nichts zu sagen, denn wir leben in verschiedenen Welten mit sehr unterschiedlichen Wertvorstellungen.«

Der Mann erhob sich zögernd:

»Ich wollte Ihnen eigentlich meine Hilfe anbieten.«

»Das wäre ja wohl das Letzte, das ich annehmen würde. Gehen Sie jetzt auf Nimmerwiedersehen.«

Kopfschüttelnd verließ der Mann die Wohnung:

»Ich habe Ihre Mutter sehr geliebt. Ob Sie das wahrhaben wollen oder nicht. Und sie hatte auch ein Recht auf Liebe.«

»Raus!« Anja schrie es aus sich heraus.

Sie konnte den Kerl nicht länger ertragen.

Sie begleitete ihn nicht zur Tür. Er war schließlich uneingeladen gekommen.

Erst jetzt fiel ihr ein, dass sie ihm nichts angeboten hatte.

Laut sagte sie zu sich selbst:

»Das fehlte, ihm auch noch etwas anbieten! Nein!«

Trotzig warf sie den Kopf in den Nacken. Sie zitterte am ganzen Körper. Erst jetzt bemerkte sie, wie sehr dieser Besuch sie unangenehm berührt und belastet hatte.

Völlig aufgewühlt rief sie Dietrich an und erreichte ihn auch sofort. In knappen Worten erzählte sie ihm das soeben Erlebte.

Am anderen Ende der Leitung war Stille. Dann sagte Dietrich deutlich akzentuiert:

»Ich finde deine Haltung gelinge gesagt befremdend. Sei nicht böse, dass ich so ehrlich bin. Der Mann ist eine hoch angesehene Persönlichkeit. Und er wollte dir sein Beileid aussprechen und Hilfe anbieten. Und du behandelst ihn wie einen dummen Jungen. Das kannst du doch nicht machen!«

»Ich habe es aber gemacht. Für mich ist völlig uninteressant, ob er und was er im öffentlichen Leben darstellt. Er hat meine Familie zerstört, verstehst du das nicht?!«

»Aber, Anja, wie kann er etwas zerstören, was so gar nicht mehr vorhanden war. Du machst dir doch etwas vor! Deine Mutter wird ihn geliebt haben, und er sie sicher auch. Was ist daran falsch? Wir leben im 21. Jahrhundert! Da darf man das!«

»Darf man das wirklich? Kann man sich rücksichtslos verhalten, wenn sich etwas Lukrativeres anbietet? Darf man wirklich sein vermeintlich neues Glück auf dem Unglück eines anderen aufbauen? Wie soll denn dieses Glück aussehen?«

»Du denkst an deinen Vater. Für ihn war es sicher schlimm. Aber er wäre darüber hinweggekommen.«

»Meinst du wirklich? Und was, wenn nicht?«

»Aber für sein Leben ist doch jeder selbst verantwortlich! Das alles kannst du doch deiner Mutter nicht anlasten!«

»Doch. Und nur ihr. Sie hätte meinen Vater nie verlassen, wenn er der große Zampano geblieben wäre.«

»Das kannst du bestenfalls vermuten. Es gibt in der Liebe keine Schuldzuweisung.«

»Doch, die gibt es. In einer Gemeinschaft wie die der Familie ist man auch füreinander verantwortlich. Und wenn der eine am Boden liegt, dann richtet man ihn wieder auf und tritt nicht noch nach ihm. Aber ich sehe, wir reden aneinander vorbei. Beenden wir das Gespräch.«

Anja legte auf. Dietrich redete wie dieser Kerl. Das wollte sie sich auf keinen Fall länger anhören.

Sie war wütend und verärgert.

Und sie war tief enttäuscht.

Möglich, dass sie sich dem neuen Mann der Mutter gegenüber nicht korrekt verhalten hatte. Aber sie war es ihrem Vater schuldig, dass sie seine Partei ergriff und ihn verteidigte, der am Boden gelegen hatte. Es wäre, so dachte Anja, etwas anderes gewesen, wenn beide jung oder gleich stark gewesen wären und beide die Chance eines Neuanfangs gehabt hätten. So aber war der Vater der absolute Verlierer, der zurückblieb, während die Mutter aufbrach in ein Luxusleben. Sie konnte nicht glauben, dass die Mutter eine sie überwältigende Liebe gefunden hatte, die alle Schranken niederriss. Der Typ war sie einfach nicht.

Nein, Anja war nicht einverstanden.

Das widersprach ihrer Auffassung von Ethik.

Noch nie in ihrer zweijährigen Bekanntschaft hatte sie sich mit Dietrich gestritten. Sie waren immer auf einer Linie gewesen, hatten auf einer Frequenz gesendet, hatten einander immer verstanden. Auch ohne Worte. Ein inneres Band hatte sie miteinander verbunden.

War dieses Band zerrissen?

War auch das ein Irrtum?

Die Möwen sehen alle aus als ob
sie Emma hießen.
Strandholz nach
Christian Morgenstern
zitiert

Anja beschloss, die beste Freundin ihrer Mutter und gleichzeitig ihre Hausärztin, Frau Dr. Anita Wirth, die auch in Potsdam wohnte, aufzusuchen. Die beiden Frauen kannten sich seit der Schulzeit, hatten gemeinsam studiert und waren auch als Ehefrauen weiter sehr befreundet geblieben.

Wenn einer Antworten wusste auf viele Anja quälende Fragen, dann Anita.

Anja öffnete die Garage. Zwei Autos standen darin, das alte des Vaters und das der Mutter.

Ich werde eines verkaufen, dachte sie. Ich brauche nur eins, wenn ich hier bin. In Berlin fahre ich mit der S-Bahn oder in Dietrichs Auto mit. Also werde ich eins verkaufen. Welches? Mal sehen. Für heute nahm sie den alten Golf des Vaters und fuhr damit zügig in die Stadt.

Sofort nach dem Klingeln wurde ihr die Tür geöffnet. Anita umarmte sie innig und sagte:

»Ich freue mich, dass du den Weg zu mir gefunden hast. Ich werde dir helfen, so gut ich kann. Komm erst einmal rein!«

Anja fühlte sich freundlich angenommen. Das tat ihr gut. Die Vertrautheit, die sich durch die jahrelange Freundschaft eingestellt hatte, war wohltuend.

»Geht es dir besser?«, fragte die Ärztin.

Sie sah die junge Frau prüfend an.

»Es geht, danke«, antwortete Anja verhalten. Sie gab den Blick zurück. »Aber ich bin nicht gekommen, weil ich deinen medizinischen Rat brauche. Ich bin gekommen, weil ein Dr. Bichler mich aufgesucht hat, der ja wohl der Geliebte meiner Mutter war. Wusstest du, dass sie uns verlassen wollte wegen dieses Kerls?«

Frau Dr. Wirth lehnte sich, aufrecht sitzend, leicht zurück. Sie spürte, dass das Gespräch mit Anja schwierig werden würde. Sie bemerkte die innere Zerrissenheit der jungen Frau und beschloss, ruhig und besonnen zu bleiben. Sehr gefasst antwortete sie:

»Ja. Ich wusste es.«

»Du wusstest es also. Außer mir scheinen es ja beinahe alle Freunde gewusst zu haben. Und? Hast du versucht, mit der Mutter zu reden?«

»Ich habe es versucht, natürlich. Deine Mutter hat mir alles erzählt.«

»Und?«

»Sie war sehr unglücklich. Glaube mir. Sie hat geweint, und sie hatte sehr abgenommen, weil der Kummer sie appetitlos machte. Deshalb wollte sie auch zunächst nur eine räumliche Trennung von deinem Vater, um nachzudenken, um mit sich selbst ins Reine zu kommen. Die Entscheidung, mit Dr. Bichler an seine Privatklinik nach München zu gehen, stand noch aus.«

»Das glaube ich nicht.«

»Es war aber so.«

»Und wenn, dann konnte es nur einen Grund geben. Die letzte Entscheidung stand wohl deshalb noch aus, weil er ebenfalls verheiratet ist, nicht?«

»Ach, Anja, deine Mutter hat sich diese Entscheidung nicht leicht gemacht, glaube mir. Sie hat sich neu verliebt, so etwas gibt es doch. Und für deinen Vater hätte sie gut gesorgt. Seinen Lebensstandard hätte sie auf jeden Fall gesichert.«

»So, hätte sie. Und hätte sie seine Verlassenheit und Einsamkeit auch so prima gesichert?«

»Was soll ich dir darauf sagen? Sollte sie nur aus Pflichtgefühl bei deinem Vater bleiben? Hatte sie kein Recht auf Liebe? Soll das immer und unter allen Umständen gelten: bis dass der Tod euch scheidet? Gilt das im 21. Jahrhundert noch?«

Anja dachte: Sie argumentiert wie dieser Kerl und wie Dietrich, so, als ginge sie das alles wenig an. Und vielleicht war es auch so. Schließlich waren sie alle drei Außenstehende. Es berührte sie nur am Rande, nicht existentiell. Laut sagte sie:

»Du kannst mir sagen, was du willst. Ich glaube nicht, dass sie meinen Vater aus unstillbarer Liebe zu einem anderen verlassen wollte.«

»Nicht? Aber, Anja!«

»Nein. Ich glaube, dass sie in einer anderen Welt leben wollte. Luxus hat ihr schon immer viel bedeutet. Vater passte nicht mehr in ihre neue Welt.«

»Dein Vater, liebe Anja, hat sich in den letzten Jahren sehr verändert. Es war schwierig geworden, mit ihm auszukommen. Deine Mutter hat sich wirklich redlich Mühe gegeben. Aber, ich glaube, sie haben sich voneinander entfernt. Du darfst nicht vergessen, dass deine Mutter nicht mehr die kleine Internistin aus der Poliklinik war, sondern die Chefärztin des größten regionalen Krankenhauses! Das bedeutet, dass sie das Gros ihrer Zeit in der Klinik verbrachte. Sie hatte sehr wenig Zeit für deinen Vater. Und der lebte inzwischen in einer anderen Welt als sie. Er lebte vorwiegend in seiner glorreichen Vergangenheit. Die Gegenwart bedeutete ihm wenig, wie du sicher weißt. Denke nur einmal an den Vorfall bei der Silberhochzeit.«

Anja wusste, was Anita meinte. Die Silberhochzeit im Sommer diesen Jahres war mit aufwändigem Pomp vorbereitet worden. Gefeiert wurde im großen Garten eines Nobelrestaurants. Lange Tische, vielfältig geschmückt, standen für fast 100 Gäste bereit. Und alle waren gekommen. Auch das Wetter spielte mit. Die Stimmung war großartig. Alle amüsierten sich. Als der Hochzeitstanz eröffnet werden sollte, war der Vater verschwunden. Man suchte nach ihm. Fand ihn schließlich im Hinterzimmer, mutterseelenallein und ziemlich angetrunken. Ihn, der selten und dann nur wenig trank. Die Mutter war wütend und schockiert. Der Vater sagte mit schwerer Stimme:

»Feiert ohne mich! Die Liebe kommt. Die Liebe geht. Ich passe nicht mehr zu euch. Feiert allein!«

Mit Anitas Hilfe schaffte die Mutter ihn in den Waschraum unter die kalte Dusche. Es gelang ihnen, ihn einigermaßen zu restaurieren, so dass er den Tanz eröffnen konnte.

Die Mutter hatte ihm das nie verziehen. Diese Blamage vor all den Gästen!

Jetzt sagte Anja nachdenklich:

»Ja. Die Silberhochzeit. Jetzt weiß ich, dass der Vater nicht nur für ein paar Tage nach London wollte, er wollte so richtig Urlaub machen mit der Mutter, weit wegreisen, nur mit ihr verreisen und im Familienkreis feiern. Vielleicht hatte er gehofft, dass auf dieser Reise Katharina zu ihm zurückfände, dass noch alles gut werden könne. Aber die Mutter wollte nicht mehr so weit und so lange mit ihm verreisen, sie wollte die ganz große Feier, denn sie war Chefärztin geworden. Sie stellte schließlich etwas dar. Und sie setzte sich natürlich durch. Sie setzte ihren Willen durch, wie so oft. Ich glaube jetzt, dass es sie damals schon wenig interessiert hat, wie es meinem Vater dabei ging. Er muss sich furchtbar gefühlt haben.«

Die Ärztin und Freundin bemerkte, dass das Gespräch in einer Sackgasse gelandet war. Deshalb sagte sie schnell:

»Wie unaufmerksam von mir, liebe Anja! Was kann ich dir anbieten?«

»Ein Wasser, bitte.«

»Ja, gern«, antwortete die Ärztin. »Schau inzwischen mal in mein altes Album!«

Anja nahm das Album zerstreut entgegen und blätterte eher gelangweilt darin herum, bis sie auf Bilder von der Silberhochzeit der Eltern stieß. Sie sah all die ihr so vertrauten Gesichter der festlich gekleideten Gäste. Sie kannte alle. Und alle machten den Eindruck froher Festlichkeit. Alle lachten. Auch sie, Anja, sah sich lachend auf den Fotos. Alle waren guter Stimmung. Man sah, dass es allen gut ging. Allen? Viele hielten, sich zuprostend, die gefüllten Sektgläser in übermütiger Laune hoch. Die Stimmung war ausgezeichnet, und sogar das Wetter spielte mit ebenfalls guter Laune mit. Sonnenschein den ganzen Tag und angenehm warme Temperaturen. Da fehlte es an nichts.

Sah man nicht so genau hin, wie sie selbst es bis hierher getan hatte, so war dieser Eindruck heiterer Stimmung und froher Festlichkeit zutreffend und ungetrübt.

Sah man aber genauer hin, und dies tat Anja jetzt, stellte man fast erschrocken fest, dass der erste Eindruck, wie sooft im Leben, täuscht. Anja sah, was man leicht übersehen konnte: Auf ausnahmslos allen Bildern stand der Vater – ebenfalls wie alle ein Sektglas in der Hand – abseits. Immer und tatsächlich immer und auf allen Bildern stand der Vater *neben* der Festlichkeit, als ginge ihn das ganze Geschehen nichts an. Er stand deutlich am Rande, von den anderen, den Feiernden, getrennt, als gehöre er nicht dazu. Wie ein zufällig Vorbeikommender stand er da, aber nicht wie eine der Hauptpersonen.

Denn diese Hauptperson stand im Aus.

Unbeteiligt.

Unwichtig.

Als wüsste der Vater, dass es nicht mehr um das Eigentliche ging und die Feier in Wirklichkeit die Inthronisation der Chefärztin Katharina war.

Anja spürte ein würgendes Gefühl in der Kehle. Ihr wurde übel.

Als Frau Dr. Wirth mit den Getränken kam, nahm sie sich zusammen, trank ein wenig von dem dargereichten Wasser, bedankte sich für das Gespräch und verabschiedete sich dann schnell. Anja sagte, schon an der Tür stehend:

»Danke für alles. Auch für das Album, das du mir überlassen hast, wegen der Bilder von der Silberhochzeit.«

»Gerne, Anja. Sie sind für dich wichtiger als für mich, denn ich habe diese Bilder schon allen Freunden zukommen lassen. Ein wirklich gelungenes Fest, na, ja … bis auf Weniges …«

Anja, enttäuscht von diesem Gespräch, verabschiedete sich hastig. Frau Dr. Wirth spürte, was in Anja vorging, und bat sie, ihr an der Tür schon die Hand reichend, einen Brief ihrer Mutter Katharina an sich zu nehmen und ihn zu Hause in aller Ruhe zu lesen. Anja nahm den an die beste Freundin der Mutter gerichteten Brief widerwillig an und bedankte sich sehr zurückhaltend.

Ach, Anja, dachte die Ärztin, ihr nachschauend, einmal wirst du deinen Groll überwinden. Das Leben wird dich lehren, zu verstehen und auch zu verzeihen. Du wirst dann wissen, was Erinnerung bedeutet, dass in der Erinnerung alles perfekt erscheint, je länger die Zeit vergeht. Das Schöne wird wunderschön. Das Bedeutsame erhaben und unzweifelhaft. Das Böse vergisst man. Man erinnert sich nur an das Gute. Es bleibt im Gedächtnis. Für immer. Das Gute bewahren wir als kostbaren Schatz unseres Lebens.

Auf dem Heimweg, das Auto ruhig steuernd, fragte Anja sich, ob denn alle Liebe nur für begrenzte Zeit gilt. Enden denn wirklich alle Liebesgeschichten so traurig wie in der Literatur? Sie dachte wieder an das Gespräch mit den Eltern über dieses Thema. Damals war deren Liebe fest und stabil, und es war undenkbar, dass es je anders sein könnte. Und nun? Hatten die Zeitumstände auch diese Liebe zerstört? Gibt es denn Liebe in unserer Zeit überhaupt? Selbstlose Liebe? Wirkliche Liebe? Echte Liebe, die dem eigenen Egoismus entsagt? Den anderen mehr zu lieben als sich selbst.

Oder gilt nach Brecht der lakonische Satz als unbedingte Wahrheit:

*»Die Liebe dauert,*

*Oder sie dauert nicht.«*

Punkt. Aus. Damit ist alles gesagt.

Aber auch alles getan?

Wie soll, wie kann man ohne Liebe leben?

Eine neue Liebe suchen? Finden?

Und wenn man dazu nicht in der Lage ist?

Glaubt man in unserer Zeit noch daran, dass nur wer lieben kann auch wirklich geliebt wird? Glaubt unser Jahrhundert an Schuld und Sühne? Sind das alles veraltete Werte?

Macht nicht jeder, was er gerade will und was ihm zum Vorteil gereicht, ohne Rücksicht auf andere?

Gehen nicht die meisten skrupellos den Weg des eigenen Egoismus?

Ist nicht das Ziel des Lebens leichtfertiger Genuss, auch auf Kosten anderer?

Wer sucht ernsthaft nach einem Sinn in seinem Dasein?

Ich habe auch, dachte Anja, so in den Tag hineingelebt. Es ging mir gut; dass es anderen nicht so ging, hat mich wenig interessiert. Nicht einmal gewusst habe ich, dass es meinen Eltern nicht gut ging. Ich habe einfach weggesehen. Sonst hätte ich spätestens auf der Silberhochzeit nachfragen müssen, was nicht mehr stimmte.

Wieso habe ich eigentlich nie über mich und andere nachgedacht?

Warum habe ich so bequem und denkfaul gelebt?

Ich glaube, dass ich so nicht mehr leben will.

Ich will etwas ändern.

Nach dem Abendessen fiel ihr der Brief wieder ein, den ihr die Ärztin gegeben hatte.

Warum hatte Anita ihr diesen Brief überhaupt gegeben!

Warum wollte sie, dass die Tochter ihn las?

Sollte sie ihn überhaupt lesen?

Oder lieber nicht?

Verbrennen!

Nein!

Plötzlich spürte sie den Drang, diesen Brief unbedingt zu lesen. Es war wichtig, ihn zu lesen. Zu hören, was die Mutter selbst zu sagen hatte.

Es konnte für die Tochter von Wichtigkeit sein, zu erfahren, was die Mutter der besten Freundin mitgeteilt hatte.

Anja entfaltete den Brief und las zögernd, mit klopfendem Herzen:

*»Meine liebe Anita,*
*ich muss dir einfach schreiben, denn du bist die Einzige, zu der ich so sprechen kann, weil wir uns fast ein Leben lang kennen und vertraut miteinander sind. Du ahnst schon nach dieser Vorankündigung, dass ich etwas mitzuteilen habe, das schwer für mich ist, mit dem ich eigentlich noch gar nicht umgehen kann.*

*Kurz: Ich habe mich in einen Mann verliebt. Ihn auf einem Ärztekongress vor zwei Monaten kennen gelernt. Du kennst ihn auch. Er ist unser Kollege: Dr. Bichler. Ich weiß alles, was du jetzt sagen willst, dass ich meinem Mann das nicht antun kann, an Anja denken soll, dass es vorübergeht, die Vernunft siegen soll usw. Glaube mir, ich kenne alle Argumente, die dagegen sprechen.*

*Aber – welche sprechen dafür?*

*Die Wahrheit ist immer konkret. Und hier ist die Wahrheit: Ich liebe Klaus nicht mehr. Das ist so.*

*Wie du weißt, habe ich immer schon Lyrik geliebt und ab und zu mal ein Gedicht, das mir besonders gefiel, auswendig gelernt. Und jetzt weiß ich eines von Erich Kästner, das ich vor Jahren lernte, und das jetzt für mich von großer Bedeutung ist. Es heißt »Sachliche Romanze«.*

*Darin ist von einem Paar die Rede, dem plötzlich nach Jahren die Liebe abhanden kommt. Abhanden kommen heißt ja soviel wie verloren gehen, nicht mehr vorhanden sein. Verlust von etwas. Beide sind traurig und suchen nach einer Erklärung für das Unerklärliche. Aber die gibt es nicht. Es ist für sie unfassbar, schrecklich, raubt ihnen die Sprache. Aber sie können nichts tun. Die Liebe ist nicht mehr da, sie ist auch nicht mehr zu finden. Etwas ist endgültig vorbei. Siehst du, Anita, und so ergeht es mir jetzt. Was soll ich bloß tun?*

*Glaube mir, ich mache es mir nicht zu leicht. Es tut mir so weh, von hier wegzugehen, alles im Stich zu lassen, Menschen, die mich lieben, zu enttäuschen. Aber – es ist stärker als ich. Ich habe mich dagegen gewehrt, aber es ist stärker. Es zieht mich mit magischen Kräften zu dem Mann hin, und in ein neues Leben mit ihm. Ich kann einfach nicht anders. Bitte, verstehe wenigstens du mich!*

*Ich bin verzweifelt und zugleich von großem Glück erfüllt. Ich möchte ein neues, anderes Leben mit ganz anderen Perspektiven. Ich liebe ihn so! Ich will nur noch an seiner Seite sein!*

*Ich kann es nicht ändern. Ich will es auch nicht.*

*Zunächst werde ich in die Kurfürstenstraße ziehen. Ein wenig Abstand gewinnen. Das ist auch für Klaus besser. So kann er sich schrittweise mit der neuen Situation abfinden. Und dann werden wir beide es Anja mitteilen müssen. Davor habe ich die größte Angst. Vielleicht könntest du dabei sein?*

*Lass mich jetzt nicht im Stich! Und, bitte, versuche, mich zu verstehen.*

*Ganz liebe Grüße*
*Deine Katja*

»Katja«, dachte Anja. So durften die Mutter nur wenige Menschen nennen. Diesen Kosenamen gestand sie nur wenigen zu. Diese Nähe duldete sie nur selten. Für die meisten war sie Katharina. Katharina – dieser Name sagte ihr zu. Vielleicht dachte sie dabei auch ein wenig an die Prinzessin Sophie von Anhalt-Zerbst, die im 18. Jahrhundert lebte, dem Jahrhundert der Aufklärung, und die zu Katharina der Großen mutierte am russischen Zarenhof. Man sagt, dass sie auf ihrer Reise von Anhalt-Zerbst nach Russland, auf der sie von ihrer ziemlich intriganten und eitlen Mutter begleitet wurde, in Potsdam Station machte. Friedrich der Große, der hoffte, mit der kleinen Prinzessin Sophie als Gattin des zukünftigen Zaren größeren Einfluss auf die Politik des Riesenreiches zu gewinnen, lud sie nach Sanssouci ein. Er wollte sie kennen lernen. Selbst den Frauenfeind Friedrich beeindruckte Sophie durch ihre Klugheit, ihren Charme und ihre Charakterfestigkeit. Als Katharina die Große ging sie in die Geschichte ein und enttäuschte vor allem einen – Friedrich den Großen, denn sie ließ sich weder manipulieren noch bestechen und machte ihre eigene, russische Politik.

Sie waren stark und gingen beide ihren eigenen Weg.

Anja hielt den Brief zögernd in der Hand. Sie erfasste eine große Leere. Mattigkeit. Traurigkeit.

Ach, Katharina, auch du warst eine Große an Bedeutung. Für Vater und mich. Für deine Freunde. Für deine Patienten.

Warum war das Leben so? So kompliziert.

Warum konnte man nicht einfach glücklich leben?

Warum dieser Schmerz?

Warum diese vielen Enttäuschungen?

In der Nacht schlief Anja sehr unruhig. Der Hund Egon lag in seinem Korb neben ihrem Bett. Er hob lauschend den Kopf, legte ihn dann aber seufzend wieder auf die großen Vorderpfoten zurück. Er konnte nichts Beunruhigendes feststellen.

Anja hatte einen seltsamen Traum:

Sie sah einen großen, riesig großen schwarzen Vogel, der auf einer bizarren Schornsteinruine saß, in einer zerklüfteten asphaltgrauen Trümmerlandschaft.

Er schlug heftig mit den Flügeln und stieß schrille, unheimliche Klagelaute aus.

Hinter ihm flammte glutrot ein wabernder bedrohlicher Lavahimmel.

Der Vogel warf keinen Schatten. Die Ruinen warfen keinen Schatten. Nichts warf einen Schatten.

Warum war hier alles ohne Schatten?

Anja erkannte, dass sie am Tor zum Reich der Toten war. Hier, im Reich der Schatten, warf keiner und nichts einen Schatten. Hier war jeder und alles ein Schatten.

Bei näherem Hinsehen gewahrte Anja, dass der Riesenvogel an einen Trümmerschornstein gekettet war und verzweifelt versuchte, loszukommen, um wegfliegen zu können. Aber die Eisenketten von großer Stärke ließen das nicht zu. Hilflos, schreiend flatterte der starke Vogel.

Anja empfand Mitgefühl und wollte zu ihm, um ihn zu befreien. Aber das ging nicht. Ihre Füße waren fest mit dem Boden, auf dem sie stand, verbunden. Sie war ebenso gefesselt wie der Vogel. Hilflos ruderte sie mit den Armen, stemmte sich gegen den Boden. Alles umsonst. Sie wollte schreien. Aber kein Laut kam aus ihrer unfreien Kehle.

Schweißgebadet erwachte sie. Ihr Herz schlug wie ein Hammer. Sie war noch sehr benommen von diesem unheimlichen Traum.

Langsam kam sie heftig atmend zu sich.

Langsam begriff sie, wo sie war.

Noch im Dämmerzustand des Erwachens sah sie wie in einem dünnen Nebel den Schatten des Vaters, hörte sie eine Stimme, die verhalten und sehr leise zu ihr sprach. Sie erkannte, dass es die Stimme des Vaters war:

»Anja! Höre mich, meine Anja. Höre, was ich dir zu sagen habe. Du darfst deine Mutter nicht so hassen. Du darfst sie gar nicht mehr hassen. Ich habe ihr auch verziehen. Der Tod löscht jede Schuld. Das KA sühnt die Schuld. Ihr Schatten, der ruhelos umherirrt und noch keine Wohnung gefunden hat, braucht deine Vergebung, um Frieden zu finden. Gib Frieden! Dann wirst auch du Frieden finden.«

Sie lauschte der Stimme des Vaters nach. Noch als sie längst verklungen war, lauschte sie. Ja, das KA des Vaters wachte über ihr Geschick. Er würde ihr immer beistehen, da sein, wenn es nötig war. Und nun verstand sie auf einmal den Traum. Den Traum als Botschaft.

Sie begriff: Der große Vogel, das war die Mutter, deren KA gefangen war und die Schuld nicht sühnen konnte, solange der Hass der Tochter sie verfolgte. Und auch sie war gefangen in ihrer Unversöhnlichkeit gegen die Mutter. Gefangene. Beide. Gefangen in ihrem Hass und ihrer Schuld. Und nur sie, Anja, musste die Kraft zur Versöhnung finden. Nur sie konnte den Teufelskreis durchbrechen.

»Aber wie soll ich das machen? Wie? Ich kann nicht! Nein. Ich kann nicht – noch nicht, Vater!«, sagte sie laut.

## V. KAPITEL

Nach dem Frühstück verspürte Anja plötzlich das dringende Bedürfnis, das Grab der Eltern aufzusuchen. Vielleicht fand sie hier ein wenig Trost, ein wenig Frieden. Vielleicht fand sie hier den Weg zur Versöhnung. Man sagt ja, dass es so sein soll.

Auf dem Grab der Eltern lagen, noch erstaunlich frisch, die vielen Blumen von der Beerdigung. Berge von Blumen. Und es stand sehr auffällig die große Skulptur wie ein Grabstein da, die Frau Kasten wie ein hoch aufragendes Felsmassiv gefertigt hatte und die besonders anmutig und schön war. Sie stellte als Symbol der Ewigkeit unseres geistigen Lebens einen stilisierten, zerklüfteten Felsvorsprung, dar, der auch ebenso eine Welle sein konnte, die in ewiger Bewegung ist. Aus meergrünem Stein, gemasert und geschwungen, als würde er sich jeden Augenblick von der Erde lösen können, verbreitete er das Gefühl von Stein gewordener in den Himmel weisender Bewegung. Eine Anja immer wieder tief berührende Darstellung der Unendlichkeit.

Als sie so still und betrachtend am Grab der Eltern stand, überfiel sie wieder der schreckliche Schmerz des unwiederbringlichen Verlustes. Nie mehr würden sie bei ihr sein. Nie mehr durch die Tür ins

Haus eintreten. Nie mehr lachen und mit ihr froh sein. Wo waren die beiden jetzt? In diesem Augenblick. Wo seid ihr? Wo? Ich kann euch nicht spüren!

Die Tränen liefen wie Bäche über ihr Gesicht. Sie wehrte ihnen nicht. Lange stand sie so da. Im Leid muss man Geduld mit sich selber haben. Das hatte sie irgendwo gelesen, oder Frau Kasten hatte es zu ihr gesagt. Alles dauert seine Zeit. Und Schmerz verheilt sehr schwer.

Das alles ist so. Und es ist doch ganz anders.

Wie findet man Trost, wenn man sich trostlos fühlt? Wenn man untröstlich ist?

Soll man sich mit anderen Dingen ablenken?

Soll man viel arbeiten?

Lesen?

Schreiben? Sich alles von der Seele schreiben? Ein Tagebuch anfangen?

Soll man vielleicht beten?

Oder auf die Zeit hoffen, die alle Wunden heilt?

Oder mit den Toten sprechen?

Ja, mit den Toten sprechen, und sie sagte laut:

»Wenn es stimmt, dass das Leben ein Glied in einer langen Kette geistigen Lebens ist, so sind wir alle unsterblich. Und dann seid ihr immer da. Dann seid ihr auch jetzt da. Bitte, ich bitte euch von ganzem Herzen, seid da! Ich muss euch spüren, sonst verzweifle ich!«

Sie schloss die Augen. Schloss ganz fest die Augen. Und wollte nichts so sehr, als dass die beiden Schatten jetzt um sie wären. Jetzt. In diesem Augenblick. Sie öffnete weit ihre Arme. Ein kühler Wind strich über ihr Gesicht. Über ihren Körper. Ein Windhauch nur. Aber sie spürte:

Das war ihr KA.

Euer KA.

Ich fühle eure Nähe.

Ihr seid bei mir.

Alle beide.

Es soll so sein: Der Tod löscht alle Schuld. Der Tod hat euch nicht getrennt. Der Tod hat euch wieder vereint. Für immer und ewig vereint. Untrennbar. Er hatte das letzte, das entscheidende Wort gesprochen. Es war endgültig. Im Tod für immer vereint.

Anja atmete tief auf. Es gab keinen Zufall. Alles hatte seinen Sinn. Das Schicksal hatte gesprochen. Was du säst, wirst du ernten. In diesem oder in einem anderen Leben. Der Tod versöhnt. Das KA tritt seinen kurzen oder langen Sühneweg an.

Karma, das Gesetz der Gerechtigkeit, tritt in Kraft. Das KA, der Schatten, sühnt seine Schuld, bis er gereinigt in das ewige Schattenreich eintreten darf.

Und auch der Schatten der Mutter wird jetzt seine Wohnung finden und den Weg antreten zur Sühne seiner Schuld. Anja hoffte, dass das KA der Mutter vielleicht in ihrer geliebten Klinik Wohnung finden möge.

So muss es sein.

Der bittere Groll wich langsam aus ihrem Herzen. Der Trost kam.

Die Eltern waren vereint. Im Tod vereint. Nichts und niemand konnte sie mehr trennen. Das war ein großer Trost.

Egon hatte sich an den täglichen Spaziergang zum Friedhof gewöhnt. Es gefiel ihm sehr, so oft mit Anja gehen zu dürfen. Er hatte lange nach seinem Herrchen gesucht, getrauert, bis er akzeptierte, dass nun Anja und Frau Kasten für ihn da waren und dass er nicht zurück ins Tierheim musste.

Am Nachmittag ging Anja in den Garten.

Es war an der Zeit, sich der Gartenarbeit zuzuwenden. Es war an der Zeit, sich den Aufgaben des Alltags wieder zu widmen. Das Leben forderte sie zum Handeln heraus. Ja, es war an der Zeit, dem Leben wieder Tribut zu zahlen. Sie atmete tief wie befreit auf.

Ja, es war Zeit, den Rasen zu mähen. Das wollte sie jetzt unbedingt tun! Das konnte sie, der Vater hatte es ihr einmal gezeigt. Und gegossen werden musste auch. Sie bewunderte die Gießanlage, die der Vater sich hatte einfallen lassen. Er hatte ein Bewässerungssystem entwickelt, bei dem jede Pflanze das von ihr benötigte Wasser erhielt. Vielleicht hatte er sich das abgeguckt, denn als er aus Dubai kam, hatte er von solchen künstlichen Bewässerungen erzählt.

Anja bewunderte auch heute wieder den schönen Garten, den beide Eltern nach langen, frohen Diskussionen angelegt hatten. Die Mutter wollte Blumen in allen Farben und so vielfältig, dass sie das ganze Jahr blühen und sie selbst immer genug fände für die vielen Vasen im Haus. Die Mutter liebte Blumen, und sie liebte Kräuter. Die Blumen wegen ihres Geruchs und ihrer Schönheit, die Kräuter, weil sie gesund waren. So ergänzten sie sich auf das Beste: Schönheit und Nützlichkeit.

Das Vorbild für diese Gartengestaltung waren für die Eltern die Gärten am Chateau de Villandry, *le plus beau des jardins* (viel mehr als nur einfach Gärten), die sie bewundert hatten, als sie die Reise zu den Schlössern im Tal der Loire unternahmen. Diese Gärten hatten Katharina wegen ihrer Schönheit, ihres Glanzes und ihrer praktischen Nutzung begeistert. Hier fand sie einen Renaissance-Gemüsegarten, der aus neun gleichen Quadraten besteht und dessen geometrische Muster so ganz verschieden sind, mit wechselnden Gemüsesorten und Farben, dass man die Illusion eines vielfarbigen Schachbretts hatte.

Im Ziergarten kann man vier Quadrate bewundern, die symbolische Bedeutung haben: Sie sind die »Gärten der Liebe«, die durch verschiedene Pflanzen und Farben ausgedrückt werden als Symbole von Liebesglück und -leid.

Ein Heilkräutergarten, der Katharina besonders interessierte, enthielt mehr als dreißig verschiedene Kräuter und Heilpflanzen. Und auch noch ein Wassergarten war zu bewundern, der zum Ausruhen und Nachdenken einladen konnte.

Der Vater hingegen pflanzte Bäume und Sträucher, und zwar so, dass sie ein gestaffeltes Gartenbild ergaben, eine architektonisch spannende Farb- und Formgebung besaßen. Die Blatt- und Blütenfarbe der Bäume und Sträucher korrespondierte mit der der Blumen. Eine Farbharmonie von vollendeter Schönheit. Anja konnte sich nie genug satt sehen daran.

Der Vater hatte sie gelehrt:

Bäume sind etwas ganz Besonderes in der Natur. Schon in der Antike schrieb man ihnen magische Kräfte zu. In heiligen Bäumen wie der Eiche des Zeus sahen die alten Griechen Symbole der Stärke und Fruchtbarkeit. Philosophen wie Sokrates ergingen sich gedankenschwer unter wuchtigen Platanen. Und die alten Germanen glaubten in ihren uralten riesigen Wäldern und Sümpfen ihren Göttern wie Wotan, Odin und Thor nahe und damit unbesiegbar zu sein. Bäumen trauten sie zu, böse Geister fernzuhalten und ihnen mit ihren mächtigen Stämmen und Kronen Schutz zu bieten.

Denn Bäume verbringen ihr ganzes Leben an ein und demselben Platz, fest verankert und verwurzelt in der Erde, aus der sie kamen und hervorgegangen sind und in die sie eines Tages zurückkehren werden. Für uns sind sie deshalb auch ein Symbol des ewigen Werdens und Vergehens, eines Kreislauf, der Leben heißt. Aber auch ein Symbol von Größe, Stärke und Unbesiegbarkeit. Vielleicht haben wir deshalb ein so vertrautes Verhältnis zu Bäumen, die wir umarmen und von denen wir hoffen, dass sie uns von ihrer Stärke etwas abgeben.

Für den Vater aber waren Bäume auch noch mehr. Für ihn waren Bäume und Architektur, Natur und Bauwerk ein miteinander korrespondierendes, harmonisches Ganzes, eine Gestaltungsmöglichkeit. Er kannte sich in der Bauweise von Häusern aus und gestaltete Bäume und Sträucher im Garten mit derselben Leidenschaft und Sachkenntnis.

Die Catalpabäume für sich und seine Katharina, *catalpa bignonioides* oder auch Trompetenbaum, mit breiten, ovalen, dichten Kronen, der stark gefurchten Rinde, den großen herzförmigen Blättern und weiß gesprenkelten Blüten, pflanzte er so, dass sie, jährlich wachsend, Schatten auf die sonnige Südterrasse des Hauses warfen und zunehmend eine Wohltat waren.

Der Vater liebte alle seine Bäume und Sträucher, denn er hatte sie mit großer Sorgfalt gepflanzt und zu einem wunderbaren Ganzen konzipiert, Lärchen, Blaufichten, eine japanische Zierkirsche, Magnolien, Goldregen, Schneeball, Korkenzieherweide, Perückenstrauch, Rhododendron und vieles mehr. Und alles – sinnvoll aufeinander bezogen –, sich nicht im Wachstum behindernd, vermittelte ein Bild von großer Schönheit und Harmonie. Eine heile Welt.

Und der Mittelpunkt dieser heilen Welt war der Ginkgo-Baum, der chinesische Zierbaum, den der Vater nach der Geburt seiner Tochter gepflanzt hatte. Dieser Baum mit seinen fächerförmigen Blättern, seinem langsamen und eleganten Wuchs, seiner Langlebigkeit und Widerstandsfähigkeit sollte seine Anja ein Leben lang begleiten und das Symbol für ein langes, glückliches Leben sein. Der Vater glaubte daran: Wie die germanischen Schicksalsgöttinnen, die Nornen, das Leben des Neugeborenen bestimmen, so sollte der Ginkgo-Baum ihr Kraft zum Leben geben und Glück verheißen.

Auch jetzt, nach vollbrachter Arbeit, zufrieden auf der Terrasse sitzend und Kaffee trinkend, bewunderte Anja wieder diesen Garten. Er war ihr vertraut. Sie atmete seinen Duft, den betörenden Geruch der vielen Pflanzen. Alle Pflanzen waren ihre Freunde. Und dann hörte sie im Rauschen der Bäume, im Wispern der Blätter die Botschaft:

Gehe deinen Weg, Anja!

Lass dich nicht beirren!

Nimm dein Schicksal an!

Wisse, vieles im Leben ist voraussehbar. Vieles kannst du selbst bestimmen. Vieles ist berechenbar.

Manches ist abwendbar. Manches ist klar.

Aber das Schicksal ist weder berechenbar noch manipulierbar, noch klar.

Es ist unberechenbar und unvermeidbar.

Jeder Mensch hat *sein* Schicksal, sein ganz eigenes nur ihm bestimmtes Geschick, das er annehmen und bewältigen muss, dem er nicht ausweichen kann.

Seinem Schicksal entgeht niemand.

Anja!

Anja!

Finde und erfülle dein Schicksal!

Tief atmend wusste Anja jetzt:

Dies ist nun mein Garten. Er ist von einmaliger Schönheit. Lebendiges Vermächtnis der Eltern, die ihn mit so viel Geschmack, Können und Arbeit angelegt hatten. Hier war ihr Paradies.

Hier war Frieden. Auch für die Seele.

Hier war ihr Zuhause.

Wenn sie die Augen schloss, konnte sie den Vater sehen, wie er mit einer Gartenschere bewaffnet seine Sträucher pflegte, die Bäume verschnitt, sich im Garten erging. Alles überprüfte. Alles genoss.

Und sie sah die Mutter in ihren Gartenbeeten begeistert Unkraut jäten, Blumen für die vielen Vasen im Haus und auch in der Klinik pflücken oder Salat und Kräuter für das Abendessen auswählen. Immer wieder hob sie den Kopf, um nach dem Vater zu sehen oder ihm etwas Frohes zuzurufen.

»Gartenarbeit tut uns gut. Das hält jung«, pflegten beide zu sagen.

Beide.

Einer war für sie ohne den anderen nicht denkbar.

Sie waren unzertrennlich gewesen. Ein ganzes Leben lang.

Und jetzt auch.

Wo mochten sie jetzt gerade sein?

Hier bei ihr im Garten?

Irgendwo hier?

Was bleibt mir von euch?, dachte Anja.

Es bleibt die Liebe, die ihr mir mein ganzes Leben lang geschenkt habt. Es bleibt euer Lachen, eure Güte, die schönen Gedanken, die guten Erinnerungen.

Es bleibt das Haus. Und der Garten bleibt.

Ihr seid im Haus. Im Garten. Überall. Eure Liebe ist überall.

Und es bleiben die Bäume, die ihr gepflanzt habt. Sie werden sehr alt werden und noch da sein, wenn es uns alle nicht mehr gibt. Und es werden neue Bäume wachsen. Immer werden sie da sein. Immer. Und immer. Im Kreislauf der Natur unendlich lange da sein.

Es war nicht möglich, dass es sie nicht mehr gibt.

Und es bleibt sie selbst, Anja, die Tochter, in der Welt, die unmittelbar in den Genen der Eltern weiterlebt und in dem Samen guter Gedanken und Gefühle, die die Eltern einst gesät haben. Sie haben ihr den Staffelstab des Lebens übergeben. Nun ist es an ihr, ihn fallen zu lassen oder ihn weiterzugeben.

Anja hatte das Gefühl, dass die Eltern jeden Augenblick zu ihr kommen müssten. Auftauchen aus einem Gartenbeet, hinter einer Hecke, neben und in einem Baum.

Baumgesichter.

Ihre Gesichter im Catalpabaum.

Es war undenkbar, dass sie ihren Garten verlassen hatten. Sie waren da.

Sie waren hier. Ganz dicht bei ihr. Neben ihr. Sie hatten ihre einzige Tochter und ihren Garten nicht verlassen.

Ja, sie waren da. Würden immer da sein. Sie lebten weiter. Unendlich ist ihr Geist. Unendlich ihre Liebe und ihr Wirken. Was sie säten, ernten sie auch. Bezahlt wird mit der Unendlichkeit des Seins unseres Geistes.

Und Anja spürte, wie tiefer Frieden, Dankbarkeit und Liebe zu den Eltern sie ganz erfüllte und dass ihr unversöhnlicher Hass auf die Mutter nicht mehr da war. Sie hatte der Mutter verziehen. Es waren nur Frieden und Ruhe in ihrer Seele und in ihren Gedanken.

Als sie abends im Zimmer des Vaters saß, beschloss, sie, auch hier Frieden zu schaffen und dem KA der Mutter den Weg zu ebnen.

Sie setzte sich an den Schreibtisch des Vaters und nahm das Kästchen, in dem der zerbrochene Skarabäus lag. Unter dem Skarabäus befand sich der Papyrus mit dem schrecklichen Fluch, vor dem sie sich so gefürchtet hatte. Jetzt nahm sie ihn ohne zu zögern an sich.

Sie wollte Frieden. Endlich Frieden haben und geben.

Deshalb legte sie den Papyrus, ohne ihn noch einmal zu lesen, in den großen Aschenbecher des Vaters, in dem eine noch nicht gerauchte Zigarre lag, und stellte ihn unter die Statue der Katzengöttin Bastet, die der Vater so geliebt hatte.

Laut sagte sie in die Stille des Zimmers hinein:

»Ich löse den Fluch! Den schrecklichen Fluch!

Nie mehr soll er Macht haben über uns!

Friede sei mit uns und in diesem Haus!«

Entschlossen zündete sie den Papyrus an, der mit bläulicher Flamme ganz langsam, sich rollend, verbrannte, verglühte. Und sie glaubte, ganz leise einen tiefen erleichterten, auch befreiten Seufzer zu hören. Der Fluch war gebrochen. Das Werk war getan. Nun würde endlich Friede sein. Auch für ihre Seele.

Dann nahm Anja die Goldkette mit dem zerbrochenen Skarabäus und sagte entschieden zu sich selbst:

»Dieses Amulett wird nie seine Kraft verlieren. Ich werde es für dich tragen, Vater. Immer werde ich es tragen. Und es wird mir Glück bringen. Ich werde Glück haben im Leben. Daran will ich ganz fest glauben. Und der Skarabäus wird mir dabei zur Seite stehen.«

Sie war fest entschlossen, an die Kraft des heiligen Skarabäus zu glauben. Er würde ihr Glück bringen, ihr Schöpferkraft und Lebenswillen geben, sie stärken und ihr beistehen, ihren eigenen Weg zu finden. Er war ihr Glück bringendes Zeichen, ihr Amulett. Sie würde es wie der Vater einst immer tragen.

Am Freitag abends kam Dietrich.

Er brachte den Willen zur Versöhnung und einen großen Rosenstrauß für sie mit. Teerosen, die Anja, wie er wusste, sehr liebte. Die Meinungsverschiedenheit mit Anja belastete ihn mehr, als er sich selbst eingestehen wollte. Er hatte in der Beziehung zu Anja immer die Ausgewogenheit und Stetigkeit geschätzt, die er brauchte, um im Beruf so erfolgreich zu sein. Er brauchte Anja. Ihre Liebe, ihre Zärtlichkeit, die Freundlichkeit im Umgang, das Vertrauen. Sie gaben ihm Selbstsicherheit und Bestätigung. Beides brauchte er wie die Luft zum Atmen. Erst heute war ihm bewusst geworden, wie intensiv seine Beziehung zu Anja war.

Und deshalb gab er sich jetzt alle Mühe, Anja versöhnlich zu stimmen. Er überreichte ihr mit einer vollendeten Verbeugung und einem Handkuss den Strauß.

Anja hatte sich vorgenommen, ihn kühl, aber korrekt zu empfangen. Denn er hatte ihr ja unkorrektes Verhalten vorgeworfen. Und diesem Vorwurf wollte sie entschieden begegnen. Aber jetzt, im Angesicht des sich verneigenden mit Blumen bewaffneten Geliebten, konnte sie nicht anders. Sie fand ihn unwiderstehlich und umarmte und küsste ihn innig.

Es sollte alles wieder gut sein.

Das wollten beide.

Frau Kasten hatte Anja ans Herz gelegt, zu überlegen, wie es in ihrem Leben weitergehen sollte. Anja wollte das mit Dietrich beraten, nachdem sie sich selbst klar geworden war, was sie eigentlich wollte.

Sie saß im Arbeitszimmer des Vaters und dachte nach. Ihr war bewusst, wie sehr allein sie auf einmal war und dass sie das erste Mal in ihrem Leben ganz allein und auf sich gestellt lebenswichtige Entscheidungen treffen musste.

Sie konnte sich beraten lassen von anderen. Aber entscheiden musste nur sie. Sie ganz allein.

Ganz allein und auf sich gestellt.

Eigenverantwortlich.

Selbstbestimmt.

Aber so ganz und gar gottverlassen und einsam war sie denn doch nicht.

Sie konnte sich, stumm, mit den Eltern beraten, denn sie wusste, welche Antwort sie geben würden. Klaus und Katharina waren immer für sie erreichbar. Sie waren beide da.

Welch ein Trost!

Und so schloss Anja die Augen und redete stumm mit ihnen:

»Ihr seid bei mir! Ich spüre eure Nähe. Die Luft bewegt sich um mich her. Ihr seid da. Ihr werdet mir immer helfen und mich beraten! Sagt mir, was ich tun soll!«

In Anjas Seele war es ganz still. Tiefer Frieden erfasste sie. Alles war voller Ruhe und Harmonie. Ganz in sich selbst versunken, lauschte sie dem Zwiegespräch in ihrem Herzen, hörte, was ihr fast unhörbar zugeraunt wurde, verstand, was nur ihre Seele verstehen konnte.

Nach langer Zeit löste sie sich.

Und dann wusste sie genau, was sie tun wollte.

Ja, nur so würde sie handeln.

So war es richtig.

So wollten es die Eltern auch.

Und so würde sie handeln.

Kein Zweifel mehr.

Alles war ganz klar.

Über eines wollte sie noch mit sich selbst reden.

Es beherrschte sie die Frage, ob sie ihrer Aufgabe als Lehrerin, ihrer Lehrerrolle, noch gewachsen sei. Hatte sie noch die Kraft, selbstsicher vor einer Klasse zu stehen und durch ihre Persönlichkeit zu überzeugen?

War sie noch die Anja, die freudigen Herzens begeistert von sich selbst und dem Unterrichtsgegenstand vor die Klasse trat?

Waren ihre positive Ausstrahlung und ihr freundliches Wesen noch so stark?

Konnte sie noch von sich und der Sache, die sie vermitteln sollte, überzeugen?

War sie zum Lehrberuf noch geeignet?

Sie wusste, dass man in diesem Beruf Professionalität erwerben konnte durch ständiges Lernen – aber die Eignung, die musste man mitbringen!

Diese Fragen beschäftigten und quälten sie.

Schon im ersten Schulpraktikum war ihr, auch durch die Reflexion ihrer betreuenden Lehrerin, klar geworden, dass sie für den angestrebten Beruf geeignet war. Ja, dass sie, wie ihr der Praxisbetreuer der Universität verdeutlichte, in besonderem Maße für den Lehrberuf befähigt war, weil von ihr eine natürliche Autorität ausging.

Wie kam das?

Sie wusste es selbst nicht. Keiner wusste so genau, wie es sein kann, dass Anja, die Berufsanfängerin, völlig unerfahren, einen Klassenraum betrat und die Schüler ruhig wurden. Sie wurde sofort wahrgenommen, und die Schüler reagierten gemäßigt auf die Berufselevin.

War es ihre positive Ausstrahlung?

Ihr freundliches Wesen?

War es die Zuneigung zu Schülern, zu Menschen, die Anja stark verdeutlichte?

Oder war es das ganze Bündel an Persönlichkeitsmerkmalen, die Schüler so überzeugte?

Für Anja aber war es eine große, eine besondere Freude, zu unterrichten und von den Schülern angenommen zu werden.

Sie war ein Lehrtalent!

Ihre Betreuungslehrerin hatte nur eine Sorge: Wie würde es der erfolgverwöhnten Anja ergehen, wenn mal ein Schüler total ausrastet?

Und auch das passierte Anja.

Es war im Englischunterricht in einer 9. Klasse, als eine Schülerin plötzlich aufsprang, sich wutentbrannt und drohend auf Anja zu bewegte, die völlig überrascht nicht begreifen konnte, wieso diese Schülerin so aggressiv auf sie zuging. Anja wusste zwar, dass diese Schülerin eine schwere Zeit durchlebte und schlimme Erfahrungen mit ihren Eltern gemacht hatte, aber aggressiv hatte sie das Mädchen noch nie erlebt. Deshalb blieb Anja, einem Instinkt folgend, einfach stehen. Sie wich nicht zurück, ergriff keine Abwehrhaltung, zeigte überhaupt keine Reaktion. Sie blieb einfach ganz ruhig, nach außen hin völlig ruhig, stehen. Wie ein Fels in der Brandung.

Unverrückbar.

Unumstößlich.

Unüberwindlich.

Als die Schülerin ganz dicht vor ihr stand, schnaubte sie vor Wut. Anja spürte ihren heißen Atem, was ihr sehr unangenehm war. Sie mochte es nicht, dass man ihr zu nahe kam. Sie wollte Distanz und Nähe in einem ausgewogenen Verhältnis. Aber sie ließ sich nichts anmerken. Sie hielt es aus. Sie stand nur weiter einfach da.

Die Schülerin kreischte los:

»Sie immer mit Ihrem Heile-Welt-Getue. Nichts ist heil. Alles ist

Scheiße! Sie selbst sind ein Scheißhaufen. Ein stinkender Scheißhaufen. Ich hasse Sie!«

In der Klasse war es totenstill.

Die Schüler hielten den Atem an.

Die Betreuungslehrerin saß sprungbereit da.

Schweigen.

Schweigen.

Schweigen.

In dieses Schweigen hinein sagte Anja sehr ruhig und fast sanft mit klarer Stimme leise und doch für alle hörbar:

»Aber ich hab dich doch gern. Ich mag dich doch.«

Dies sagend, hob Anja langsam ihre Hand und streckte sie dann Hilfe gebend der Aufgebrachten entgegen.

Aufschluchzend nahm das Mädchen die ihr hingereichte warme Hand. In ihren Augen standen dicke Tränen.

Anja sagte leise:

»Komm mit mir! Erzähle mir alles!«

Sie zog das weinende Mädchen, das ihr nun willig folgte, mit sich fort.

In der Klasse war es noch immer sehr still. Einer sagte:

»Das war stark, Mann.«

Im Beratungsgespräch nach der Stunde fragte die Betreuungslehrerin:

»Was hätten Sie gemacht, wenn das nicht geklappt hätte?«

Und Anja antwortete:

»Das weiß ich jetzt nicht. Das weiß ich immer nur dann, wenn ich es brauche.«

Anja ruhte in sich selbst. Ihre angenehme, überzeugende Ausstrahlungskraft ließ sie nie an sich selbst zweifeln. Und das übertrug sich auf ihre Schüler.

Aber jetzt? Wie würde es jetzt sein?

Hatte sie diese Stärke und Kraft noch?

Würde sie sich noch den Respekt verschaffen können, den sie brauchte für ihren Unterricht?

Hatte sie noch die Überlegenheit in ihrer Haltung, die ihre Schüler so beeindruckte?

Anja war verunsichert.

Sie ging zu Frau Kasten, um mit ihr zu sprechen.

Diese, im Sessel sitzend, die Glückskatze Flöckchen auf der Sessellehne neben sich, goss Anja erst einmal Kaffee ein und bot ihr von dem köstlich duftenden frischen Kuchen an. Dieses Mal Blaubeerkuchen. Wunderbar.

Dann sagte sie:

»Du überlegst, wie es nun weitergehen soll?«

»Das weiß ich eigentlich schon.«

»Aber?«

»Ja, aber ich weiß noch nicht so genau, wie es beruflich sein wird.«

»Erzähle! Wir hören dir zu.«

Wir, das waren Frau Kasten, der Hund Egon und die Katze Flöckchen. Egon verstand sich gut mit Flöckchen. Bei Frau Kasten vertrugen sich alle Tiere, weil sie es so wollte. Da fraßen Katzen und Igel aus einem Napf, während der Hund in sicherem Abstand blinzelnd zuguckte. Und auch die Vögel hatten ihre Futterstellen, die für die Katzen tabu waren. Sollte sich doch einmal eine Katze, die ihren Jagdtrieb nicht beherrschen konnte, dort heimlich anschleichen, ertönte ein schrecklich lautes Klappergeräusch, so dass sich die vorwitzige Katze erschrocken zurückzog. So herrschte Frieden und Eintracht unter den Tieren, wenn auch nicht von allen ganz freiwillig.

Und Anja erzählte. Lange. Ausführlich. Fragend.

Frau Kasten hatte, ohne sie auch nur andeutungsweise zu unterbrechen oder Ungeduld zu zeigen, aktiv und aufmerksam zugehört. Nachdem Anja geendet und den letzten Schluck Kaffee getrunken hatte, sagte Frau Kasten bedächtig:

»Ich will dir mit einem Wort aus Goethes FAUST I antworten. Mephisto sagt zu Faust:

»Du bist am Ende – was du bist,
Setz dir Perücken auf von Millionen Locken,
Setz deinen Fuß auf ellenhohe Socken,
Du bleibst doch immer, was du bist!«

Niemand kann sich selbst erhöhen oder erniedrigen. Jeder bleibt das, was er ist. Und du, meine liebe Anja, bleibst, was und wer du bist. Nichts und niemand kann daran etwas ändern. Und wenn ich dir als alter Hase raten darf:

Du hast echtes Talent für den Lehrerberuf. Dieses Talent ist immer da. Es geht dir nicht verloren. Da kannst du ganz sicher sein. Verhalte dich einfach so, wie es dir deine innere Stimme sagt. Und sei immer echt! Verstelle dich nie! Schüler haben ein ganz feines Empfinden für die Authentizität ihres Lehrers. Sei einfach du selbst. Mehr ist nicht nötig. Und, Anja, fang bald wieder an!«

Anja nickte. Sie war erleichtert. Frau Kasten hatte ihr nur verdeutlicht, was sie selbst schon dunkel gefühlt und gedacht hatte. Nun wollte Anja es auch unbedingt tun.

Sie war sich auf einmal völlig im Klaren, was sie als nächstes tun wollte.

Nachdem sie noch vereinbart hatten, dass der Hund Egon erst einmal bei Frau Kasten lebte, war Anja beruhigt.

Zwei Tage später fuhr Anja wieder nach Berlin, um ihr Studium fortzusetzen und zügig zu beenden. Sie hatte noch zwei Prüfungen, die sie baldmöglichst ablegen wollte. An der Universität hatte man Verständnis und machte ihr so günstige Termine, dass sie sich zum neuen Aufnahmetermin für das Referendariat bewerben konnte.

Abends, wieder in Potsdam, beriet sie mit Dietrich.

Er zeigte sich erfreut, dass sie ihr Studium so schnell beenden wollte. Es freute ihn auch, dass sie ihre ursprünglichen Pläne, zwei Jahre in ein englischsprachiges Land zu gehen, um ihre Sprachkenntnisse zu vervollkommnen, verschob auf die Zeit der Semesterferien und die nach dem Referendariat.

Dietrich sagte:

»An welchem Studienseminar Berlins willst du denn dein Referendariat machen? Hast du dich schon erkundigt, wann sie wieder aufnehmen?«

Anja schwieg. Und da Anja schwieg, fuhr Dietrich eifrig fort:

»Ich habe schon mal im Internet recherchiert. Du könntest also …«

Weiter kam er nicht. Anja fiel ihm ins Wort:

»Wieso machst du dir schon wieder meine Gedanken?«

»Ich will dir helfen.«

»Aber du weißt doch gar nicht, ob ich das so will.«

»Entschuldige, ich habe es nur gut gemeint.«

»Aber versteh mich doch, Dietrich. Ich überlege noch, ob ich mein Referendariat nicht am Studienseminar in Potsdam machen werde. Das Seminar hat einen guten Ruf. Das hat sich bei uns herumgesprochen. Viele aus Berlin wollen in Potsdam das Referendariat machen. Ich eigentlich auch. Und weißt du, warum ich es noch überlege?«

Dietrich sah sie stirnrunzelnd an und antwortete:

»Nein. Weiß ich nicht. Du behälst ja deine kühnen Entscheidungen für dich.«

Er war sichtlich verletzt und beleidigt.

Anja wollte ihn weder verletzen noch beleidigen. Sie wollte, dass er versteht, und lenkte deshalb ein:

»Es muss doch alles gut überlegt sein. Eigentlich wollte ich mich mit dir beraten und dir erklären, warum ich gern an das Potsdamer Studienseminar möchte.«

Anja rückte an ihn heran und legte beruhigend die Hand auf seinen Arm. Aber Dietrich war verschnupft. Es missfiel ihm, dass Anja so selbstsicher war. Es missfiel ihm ganz und gar, dass sie solche Pläne hatte. Aggressiv – herablassend sagte er:

»Der Grund ist doch nicht etwa euer altes Haus in Potsdam?«

Jetzt war Anja verletzt. Unzufrieden sah sie ihn an und sagte dann strenger, als sie eigentlich wollte:

»Der Grund ist auch mein liebes altes Haus in Potsdam. Und der Garten.«

Dietrich rückte deutlich von ihr ab. Er war konsterniert. Damit hatte er nicht gerechnet. Das passte ganz und gar nicht in seine Pläne! Er war der festen Überzeugung gewesen, dass Anja das Haus würde verkaufen wollen. Verkaufen! Natürlich verkaufen! Was denn sonst sollte man mit diesem alten Haus in Potsdam tun?

Enttäuscht und befremdet sagte er deshalb pikiert:

»Wolltest du das Haus nicht verkaufen? Was willst du denn bitte schön sonst damit machen?«

Anja, ebenfalls abrückend, richtete sich auf und sagte mit besonderer Akzentuierung:

»Ich will darin wohnen. In Potsdam leben und arbeiten. Das will ich!«

Plötzlich wusste sie es ganz genau!

Niemals würde sie sich von dem lieben, alten Haus trennen. Niemals konnte sie sich von dem wunderbaren Trostgeber, dem Garten, trennen. Den Blumen, den Bäumen, die zu ihr sprachen und deren Sprache sie von Kindheit an gelernt hatte und die sie verstand.

Niemals würde sie sich trennen wollen von ihrer so glücklich dort verlebten Kindheit.

Sie spürte: Hier sind meine Wurzeln!

Hier bin ich stark!

Hier ist mein Zuhause!

Hier ist alles vertraut.

Hier gehöre ich her!

Wie der antike griechische Held Äntäus von der Erde, seiner Mutter, nie versiegende Kraft bekommen hatte, so ist auch sie, Anja, mit der Erde hier verwurzelt. Antäus, Sohn des Meeresgottes Poseidon und der Erdgöttin Gaia, ein Riese, war unbesiegbar, solange er mit der Erde verbunden war. Erst Herakles, der ihn hochhob und von seiner Urkraft, der Mutter Erde, trennte, gelang es, ihn zu besiegen. Und diesen Herakles sollte es in ihrem Leben nicht geben. Dazu war Anja fest entschlossen. Tief verwurzelt war sie mit dieser Erde. Unlösbar mit ihr verbunden. Und auch für sie würde die heimatliche Erde ein nicht versiegender Kraftquell sein.

Erst jetzt verstand sie Heinrich Heine, der im Exil in Frankreich leben musste, weil die deutschen Zustände ihn dazu veranlassten. Erst jetzt begriff sie, was er empfunden, was er gemeint hat, als er im Herbst 1843 nach Deutschland reiste. In seinem Reisebild DEUTSCHLAND. EIN WINTERMÄRCHEN schreibt er im Caput I:

»Seit ich auf deutsche Erde trat,
Durchströmen mich Zaubersäfte –
Der Riese hat wieder die Mutter berührt,
Und es wuchsen ihm neu die Kräfte.«

Die deutsche Erde berührend, seine Heimaterde – erwuchsen ihm neue Kräfte. Riesenkräfte! Kräfte, die ihm damals und uns allen heute helfen, unser Leben zu meistern.

Hier lebten die Ahnen, hier ist Kraft und Stärke, hier strömt mir, Anja, einziger Tochter von Klaus und Katharina Pagel, Leben zu.

Hier gehöre ich her!

Hier ist auch Sanssouci und der Alte Fritz, der, auf seinen Stock gestützt und von seinen Windhunden begleitet, ewig durch den Park schreitet.

Hier ist die Friedenskirche, in der nach vielen Kriegen endlich nur eine Friedensbotschaft verkündet wird.

Hier ist meine Heimat.

Hier will und werde ich leben!

Hier haben die Eltern ihren Frieden und ihre letzte Ruhe gefunden.

Und dann wollte sie auch das noch tun: Sie würde morgen gleich zur Ruhestätte der Eltern gehen und auf ihr Grab, genau zwischen sie, das Amulett des heiligen Skarabäus legen. Aber nicht das zerbrochene Amulett aus Gold, sondern den Gebetsstein aus rötlichem Sandstein, der, ein Kind der Wüste, aussah wie eine Sandrose, mit dem Relief des heiligen Skarabäus. Er sollte über das Wohlergehen der Eltern wachen. Er war rund, war vollkommen, war unbeschädigt. Er gehörte im Leben und im Tod zu ihnen, war ein Symbol der Ewigkeit, zu der jetzt beide gehörten.

Und den goldenen, den zerbrochenen Skarabäus, sie würde ihn von jetzt an immer tragen: zum Gedenken an den Vater, in der Hoffnung, dass der heilige Skarabäus seine Wunderkraft nicht verloren habe, aber auch zur Mahnung, wie sehr das Leben veränderbar, kurz und kein gerader Weg ist, sondern eine unebene Straße, die immer auch mit Unwegsamkeiten und Stolpersteinen versehen ist.

Und – auch das war ihr auf einmal ganz klar – sie würde das Zimmer der Mutter wieder einrichten. Nicht so wie vorher. Gewiss nicht.

Aber vielleicht als Kinderzimmer?

Vielleicht?!

Vielleicht würde sie bald heiraten?

Vielleicht Dietrich?

Vielleicht?

Laut sagte sie:

»Ich werde mich von meinem Haus und Garten nicht trennen. Es ist mein Haus. Es ist mein Garten. Beides gehört zu mir. Wir sind untrennbar miteinander verbunden. Es ist mein Zuhause. Es könnte unser Zuhause werden. Überlege es dir gut.

Es ist nun an dir, zu entscheiden, ob du das auch willst.«

Dietrich war sehr enttäuscht.

Anja war auf einmal so sperrig, so starrköpfig, so schwierig. Hatte auf einmal einen unerwartet starken Willen und ganz klare Vorstellungen.

Aber was war mit ihm? Spielte er keine Rolle mehr in ihrem Leben? Was sollte er denn mit der alten Klitsche von Elternhaus anfangen? Ihm bedeutete das alles nichts. Er hatte keinerlei Beziehung zu dieser alten Bruchbude. So hatte er sich das alles nicht vorgestellt. Er wollte, dass das Haus verkauft wird, und mit dem Erlös und der Summe der ausgezahlten Versicherungen von Anjas verstorbenen Eltern hätten sie eine Eigentumswohnung in Berlin erwerben können. Das wollte er. So sahen seine Pläne aus. Er würde nicht aus Berlin wegziehen.

Deshalb antwortete Dietrich sehr kühl:

»Und was wird aus unserer Eigentumswohnung?«

»Was denkst du denn?«

»Ich weiß es nicht.«

»Ich auch nicht.«

Sie sahen – abgerückt voneinander – sich unsicher an. Erkannten im Gesicht des anderen die eigene Befindlichkeit, die eigene Ratlosigkeit.

Der Hund Egon, angeregt-fröhlich aus dem Garten kommend, spürte instinktiv den Unfrieden. Er stieß seine Menschen ein wenig mit der Schnauze an, als wolle er sagen: »Nun vertragt euch schon!«, und legte seine große Pfote auf Anjas Knie, sie intensiv ansehend. Anja streichelte ihn und redete behutsam mit ihm. Schließlich, tief aufseufzend, legte Egon sich auf Anjas Füße. Seine Hundewelt war noch nicht wieder in Ordnung. Nein, er mochte keine Disharmonie.

Seine beiden Menschen waren ratlos. Und enttäuscht. Dass sie solch ein Problem haben würden, hätte vor einiger Zeit keiner von ihnen für möglich gehalten. Nun war es so.

Was sollte werden?

War ihre Liebe groß und stark genug?

Schweigen.

Schließlich sagte Anja:

»Warten wir es ab. Lass uns einfach beide noch einmal nachdenken. Vielleicht finden wir eine Lösung, die für uns beide gut und richtig ist.«

»Meinst du?«

»Ja, meine ich.«

»Vielleicht haben wir ja noch etwas Zeit«, räumte Dietrich ein.

»Ja, lassen wir uns Zeit.«

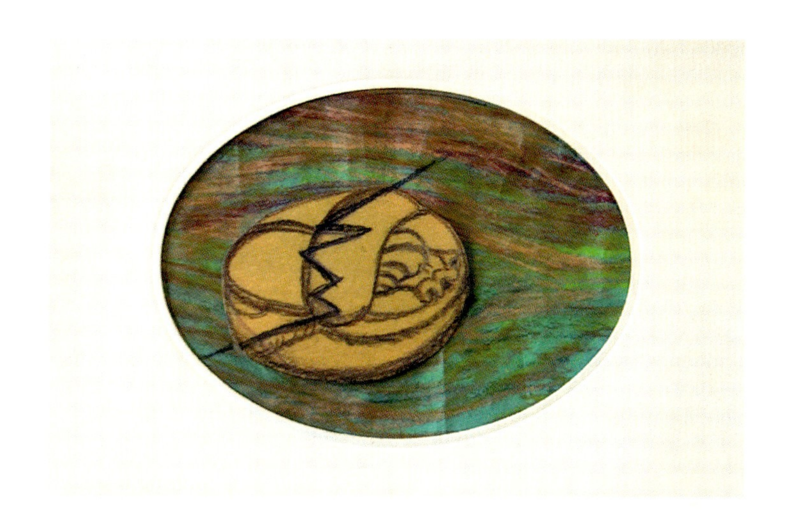

Besuchen Sie uns im Internet:

www.karin-fischer-verlag.de
www.deutscher-lyrik-verlag.de

*Bibliografische Information der Deutschen Nationalbibliothek*

Die Deutsche Nationalbibliothek verzeichnet diese Publikation in der Deutschen Nationalbibliografie; detaillierte bibliografische Daten sind im Internet über http://dnb.d-nb.de abrufbar.

*Bibliographic information published by the Deutsche Nationalbibliothek*

The Deutsche Nationalbibliothek lists this publication in the Deutsche Nationalbibliografie; detailed bibliographic data is available in the Internet at http://dnb.d-nb.de.

Originalausgabe · 1. Auflage 2008
© 2008 Karin Fischer Verlag GmbH
Postfach 102132 · 52021 Aachen
Alle Rechte vorbehalten

Gesamtgestaltung: yen-ka
Bilder im Innenteil und auf der ersten Umschlagseite von Hanna Bender; Foto aus dem Archiv der Autorin

Hergestellt in Deutschland

ISBN 978-3-89514-779-1